FIRST TOUCH

FIRST TOUCH 7 완결
초판 1쇄 인쇄일 2015년 7월 24일 ‖ **초판 1쇄 발행일** 2015년 7월 29일

지은이 필로스 ‖ **펴낸이** 곽중열 ‖ **담당편집 팀장** 이범수
편집부 신연제 이윤아 김호성 김은경

펴낸곳 (주)조은세상 ‖ 출판등록 제 2002-23호
주소 경기도 연천군 미산면 청정로 1355
TEL 편집부 02)587-2966 ‖ FAX 02)587-2922
e-mail bukdu@comics21c.co.kr

ⓒ필로스 2015
ISBN 979-11-5832-191-8 ‖ ISBN 979-11-5832-037-9(set) ‖ 값 8,000원

NEO SPORTS FANTASY STORY

FIRST TOUCH

7
완결

필로스 스포츠판타지 장편소설

북두
(주)로운세샤

CONTENTS

NEO SPORTS FATASY STORY

FIRST TOUCH

퍼스트 터치

FIRST TOUCH

Chapter 65

퍼스트
터치

에스테반은 짐을 끌고 오는 자신의 에이전트가 불쌍해 보였다. 짐이 그를 끌고 있는 것인지, 그가 짐을 끌고 오는 것인지 모를 정도로 낑낑댔다.

"훌리안, 제가 도울게요. 하하하."

"아냐, 아냐. 됐어. 네 몸이 한두 푼이야? 네 몸은 축구를 위해서 태어났어. 이런 하찮은 일은 내 일이야."

훌리안은 늘 그에게 정성을 쏟았다.

이번에도 벨라와 아만다가 바르셀로나를 잠시 방문하러 간다고 했을 때, 반디와 동반했다.

굳이 그럴 필요는 없었는데.

겨울 휴식기는 에이전트에게 꽤 중요한 시기였다.

이적 기간이기 때문이다.

자신의 고객 관리에 더 신경을 써야 하는 훌리안.

사실 그 때문에 반디에게 더 관심을 기울이며 이렇게 따라왔다.

반디는 그의 가장 중요한 고객이었기에.

이들이 바르셀로나행 비행기를 타는 이유는 간단했다.

분위기가 심상치 않았기 때문이다.

바르셀로나에서는 시민들의 투표가 진행되었고 63%가 독립 찬성을 지지했다.

"그게 통과될 줄은 몰랐구나. 정말이지….."

"그러게요. 덕분에 치안이 엉망이라네요. 걱정입니다."

"그러니까 까르멘을 데리고 와야지. 더는 그 아이를 그곳에 둘 수가 없구나."

까르멘은 반디의 외사촌이었다.

얼마 전에 외숙모가 돌아가셔서 이제 그녀는 혼자가 되었다.

전화로 설득해보았지만, 바르셀로나에 머물겠다는 그녀의 말에 벨라는 아예 직접 설득하러 가는 중이었다.

마치 전쟁이라도 터지는 게 아닌가 생각하면서 겁나는 마음에 서두르는 그녀.

반디는 어머니가 나이가 들어서 걱정이 너무 많아졌다고 생각했다.

그래도 어쩔 수 없었다. 심각한 정도는 아니지만, 치안이 상당히 불안한 바르셀로나에 그녀 혼자 보낼 수는 없었으니까.

더구나 아만다 역시 동반하기를 원했다.

말은 안 했지만, 반디는 그녀가 따라나서려는 이유를 알 수 있었다.

이참에 그녀 또한 아버지를 멀리서라도 보기 원했을 것이다.

아만다의 아버지, 칸테로 역시 바르셀로나에 있었다.

놀라운 것은 최근 그가 바르셀로나의 감독으로 취임했다는 사실.

전 감독은 건강상의 이유로 사임을 표했고, 보드진은 칸테로를 불러들였다.

능력만큼은 확실한 사람이라고 여기는 게 분명했다.

이제 반디는 후반기에 바르셀로나와 경기를 치를 때 장인어른이 이끄는 팀과 격돌해야 했다.

아만다는 고민할 것이다. 누구를 응원해야 할지.

물론 반디는 그녀가 자신을 응원할 것으로 확신했다.

지금 샘솟는 애정으로 자신의 손을 꼭 잡는 아만다를 보면 알 수 있었다.

잠시 후 바르셀로나에 내린 이들은 확실히 이상한 분위기에 놀랐다.

"사람들의 얼굴이 모두 굳어있어요."

"그러게 말이다. 어서 가자. 빨리 가서 까르멘을 데리고 가야겠어."

하나밖에 없는 언니의 딸.

그래서 더더욱 마음이 갔기에, 벨라는 서두르고 있었다.

가는 동안 계속해서 시위하는 모습이 보였다.

전쟁이 벌어질 것 같은 분위기는 아니었지만, 공기 자체가 심상치 않았다.

스페인 정부는 카탈루냐의 독립을 인정하지 않는다고 했다.

그렇다면 분명히 어떤 유형의 충돌이 있을 것이라 여겼다.

"설마 문제가 터지지는 않겠지?"

"괜찮을 거야. 걱정하지 마, 아만다."

아만다의 목소리에 살짝 담겨 있는 우려.

그래서 반디는 그녀를 안정시키려고 애썼다.

일단 호텔에 체크인하고 짐을 푼 다음 벨라는 까르멘에게 전화를 했다.

여전히 고집을 피우는 조카였는데, 그래도 벨라가 바르셀로나에 왔다니까 호텔로 온다고 했다.

그녀를 기다리는 동안 반디는 아만다에게 말했다.

"아버님 보러 갈까?"

그의 제안에 아만다는 바로 대답하지 않았다.

하지만 늘 능동적인 반디였다.

그녀의 표정에서 어렴풋이 느낀 아버지에 대한 감정에 손을 잡고 일어섰다.

아만다의 눈에는 놀람이 서렸다.

아무 연락도 안 하고 가려는 반디에 대해서.

"어디에 계신지 알아?"

"당연하지. 나만 믿고 따라와."

칸테로가 있는 곳을 미리 알아낸 것으로 보이는 반디.

그런데 그 정도가 아니었다.

호텔 레스토랑으로 갔을 때 그녀는 아버지의 모습을 볼 수가 있었다.

잿빛 머리카락이 그의 준수한 얼굴과 꽤 잘 어울렸다.

그리고 갈색 눈동자. 아만다를 보는 그 눈동자에 애증이 섞여 있었다.

"오랜만이구나, 아만다. 잘 지냈니?"

이들의 결혼식 때 의무적으로 참석한 이후 처음으로 부녀상봉이 이루어졌다.

첫 인사말에 담긴 것은 영혼 없는 인사.

그녀의 오드아이에 실망의 빛이 감돌았다.

하나는 깊고 푸른 색, 다른 하나는 회색.

아버지의 갈색 눈동자 색이 전혀 섞여 있지 않았기에, 어려서부터 자주 놀림 받은 게 갑자기 떠올랐다.

그리고 그 말을 들을 때마다 굳어진 칸테로의 표정도.

아만다는 후회하기 시작했다.

바르셀로나에 따라오지 말 걸 그랬다.

자신을 별로 반기지 않는 아버지를 볼 필요가 없었는데.

칸테로는 오히려 반디에게 잘했다.

"내년이 기대돼. 캬아, 엘 클라시코! 개막전 첫 경기에 자네와 경기를 치르다니. 장인과 사위의 싸움. 하하하. 와인 한잔 하겠나?"

"넵! 주시면 받아야죠."

멀리서 보면 아만다가 며느리 같았고, 반디가 아들 같았다.

아만다는 차라리 반디에게라도 잘해주는 것을 고맙게 여겼다.

어쨌든 반디는 자신과 아버지가 사이가 좋지 않다는 것을 전혀 모르고 있으니까.

아만다가 칸테로의 딸이 아니라는 오해.

전후 사정까지는 아만다가 알 수 없지만, 언젠가 세실과 싸우는 칸테로의 입에서 그 이야기가 나오는 것을 들었다.

한창 사춘기였던 그때, 반디가 아니었다면 그 상처를 이겨내지 못했을지도 모른다.

마지막에는 이혼한 세실과 칸테로.

그 때문에 아픈 상처가 더 문드러졌을 때 반디에 대한

사랑을 키워 나갔다.

　지금은 행복했다. 더할 나위 없이.

　그래도 한쪽이 비었다는 느낌은 아버지의 정에 대한 그리움일 것이다.

　최소한 그 정은 현재 반디를 향해 있다고 느끼는 아만다.

　자신과 다르게 칸테로는 계속해서 반디와 대화를 나누었다.

　"그래… 아이는 언제 가질 거지?"

　"될 수 있는 한 빨리요. 어쩌면 지금 아만다의 배에 있을지도 모르죠. 하하하."

　"엇, 벌써 내가 할아버지가 되는 건가? 이거 너무한데. 하하하."

　"어쩔 수 없습니다. 전 빨리 아버지가 되고 싶으니까요."

　사실이었다. 가정을 빨리 이룬 이유도 화목한 것을 꿈꾸었기에 추진한 일이었다.

　물론 아만다에 대한 사랑이 밑바탕 되었지만, 반디는 정상적인 완전체 가정을 빨리 이루기 바랐다.

　"좋아, 좋아. 내가 할아버지가 되는 것. 뭐, 상관없다고. 그런데 말이야…"

　칸테로의 눈이 빛났다.

그리고 마치 이 말을 하러 나왔다는 것처럼 주위를 둘러보며 낮은 목소리로 말했다.

"카탈루냐의 독립 이야기 알고 있지? 축구에서도 마찬가지네. 아니, 정부가 독립을 인정하지 않는다고 하더라도, 축구는 반드시 분리해서 나갈 거야."

"아… 그렇습니까?"

"이미 내부적으로는 다 결정된 사항이네. 현재 스페인축구 협회에서 인정하지 않더라도, 어쩔 수 없네. 영국이계속 네 개의 연방으로 국제 대회에 참가하는 이상, 우리에게도 명분이 열려 있으니까."

이 말을 왜 하는 걸까? 반디의 머리에 의문이 떠올랐다.

아만다도 마찬가지였다.

그런데 잠시 후 이유가 밝혀졌다.

"카탈루냐가 만약 독립한다면, 스트라이커 자원이 가장필요하네. 어떤가? 자네 어머니가 카탈루냐인이니, 명분은 충분하다고 보는데…."

반디와 아만다의 눈이 동시에 커졌다.

칸테로가 이런 제안을 할 줄은 상상도 하지 못했기에.

"그리고 생각해보게. 지금 스페인 대표팀에는 자네 차례까지 순서가 오려면 꽤 시간이 걸릴 거야. 디에구스타에다가 카브레로까지… 그들 둘 다 나이가 한창이야. 언제기다리나? 그때까지… 현명한 사람이라면, 기회가 왔을 때 잡아야지. 그때가 바로 지금이네."

그는 계속해서 설득했다.

처음에는 그냥 하는 말인 줄 알았는데, 이제야 확실히 알았다.

최근에 생긴 카탈루냐 축구 협회에서 보냈을 것이다.

반디의 어머니, 벨라가 바르셀로나 출신이라는 것을 알고.

"당황스럽군요. 이런 이야기를 갑자기 듣게 되어서."

"당연히 그렇겠지. 하지만 선택이란 늘 자네 앞에 있다고 생각하지 말게. 기회는 아무 때나 오지 않거든. 현재 스페인 국가 대표를 이루고 있는 핵심들 다수가 카탈루냐인들이야. 그들이 국가 대표에서 나오면… 스페인의 전력은 약해질 걸세."

그가 한 말 중에 가장 신빙성 있는 이야기.

바로 핵심들이 카탈루냐인들이라는 말이었다.

특히 중앙 미드필더 출신 중 FC 바르셀로나에서 뛰고 있는 선수들이 많았다.

하지만 카탈루냐가 과연 독립할지도 미지수고, 그게 현실화되더라도 여러 가지 복잡한 문제가 해결되어야 할 것이다.

당장 2022 월드컵에 카탈루냐로 참가할 수 있는지조차 애매한 상황에서 굳이 반디가 가시밭길을 선택할 필요는 없었다.

당연히 반디의 입에서는 거절의 말이 나오기 시작했다.

"죄송합니다. 저는…."

"아아, 지금 대답할 필요는 없네. 늘 순간적인 감정이 문제거든. 나도 그랬어. 그러다 보니 실수를 했고."

칸테로가 그의 말을 잘랐다.

그런데 별 뜻 아닐 수 있지만, 그의 말 중에 아만다의 가슴을 찌르는 게 있었다.

순간적인 감정으로 한 실수.

세실과의 결혼을 뜻하는 것으로 아만다의 머리에 들어왔다.

원래 바르셀로나에서 촉망받는 칸테로는 세실과 사랑에 빠지면서 레알 마드리드로 이적했다.

물론 사랑만으로 이적할 수는 없었다.

하비에르가 적절한 보상과 지원을 했다.

당시에 바르셀로나는 그를 배신자로 규정하며, 경기장에서 엄청난 야유를 퍼부었다.

그런데 세월이 흐른 후 지금에 이르러서 그는 레알 마드리드에서의 생활을 후회한다고 언론에 말했다.

또한, 하비에르 회장의 여러 가지 부조리를 폭로하면서 최근에는 레알 마드리드의 팬들로부터 욕을 먹고 있었다.

이제 아예 더 큰 배신을 꿈꾸었다.

사실은 복수일지도 몰랐다. 아내가 자신을 배신했다고

여겼으니까.

탁.

아만다는 포크를 내려놓으면서 일어섰다.

"아만다…."

반디가 놀라서 그녀를 바라보았다.

그녀의 눈에는 눈물이 흐르고 있었다.

단단히 상처 입은 모습이었다.

그럴 수밖에 없었다. 결국, 칸테로가 이 자리에 나온 것은 자신이 아니라 반디 때문이라는 것을 알았으니까.

"저 먼저 올라갈게요. 그리고… 앞으로는 다시 안 봤으면 좋겠네요."

"아만다!"

반디는 이해할 수 없다는 표정으로 그녀의 이름을 불렀다.

하지만 아만다는 그에게 울먹이는 목소리로,

"미안해…."

라고 말하며 자리를 떠났다.

"저도 먼저 일어나겠습니다. 죄송합니다."

반디도 황급히 일어나서 그녀를 쫓아갔다.

그날 밤 아만다는 자신과 아버지에 얽힌 모든 일을 반디에게 말했다.

어쩌면 이것이 그녀에게는 부끄러운 일이 될 수 있었다.

그럼에도 불구하고 그녀는 모든 것을 다 공개했다.

오히려 숨기고 있어서 미안하다는 말까지 했다.

"에이, 그게 뭐가 미안해. 그나저나 단단히 오해하셨네."

아만다는 슬프게 고개를 끄덕였다.

무엇이든 그녀에게 위로해주고 싶은 반디는 이렇게 말했다.

"유전자 검사라도 하는 게 좋지 않아?"

"내가 알고 있는 것을 모르셔."

"그러니까. 이번 기회에 알려. 당당하게. 아버님을 안 보더라도 난 그게 낫다고 생각하는데."

아만다는 그의 말을 듣고 해답이 될 수도 있다는 생각을 했다.

그러나 곧 굳이 그렇게까지 하고 싶다는 생각에 고개를 흔들었다.

다음날 아만다는 속이 울렁거리고 메슥거리는 증상에 식사하지 못했다.

전날 너무 신경을 써서 그런지 머리도 살짝 아팠다.

바르셀로나에 와서 관광명소를 구경할 계획이 있었지만, 결국 호텔에만 머무르게 된 아만다.

반디는 그녀를 걱정하며 벨라에게 이 사실을 알렸다.

조카를 만나 마드리드로 같이 가자고 설득하는 데 실패했던 벨라.

그녀는 반디에게 이야기를 듣고 얼굴이 활짝 펴졌다.

"반디야, 아만다가 네 아이를 가진 것 같구나."

반디는 눈을 크게 떴다.

전혀 예측하지 못했던 말을 벨라에게서 들었기 때문이다.

믿기지 않아서 다시 한 번 물었다.

"네? 정말이요?"

"일단 마드리드에 가서 확인해보자."

벨라는 반디의 얼굴을 보며 웃었다.

반디를 키우고 나서 처음 보는 표정이 떠오르는 게 재미있어서였다.

놀람, 기쁨, 당황 등등.

무엇을 어찌해야 할지 모르는 것 같았다.

당연한 일이었다. 경험이 없는 그는 속칭 '생초보 예비아빠' 아니겠는가.

그런데 경험이 없기로는 벨라 역시 마찬가지였다.

그녀는 60이 넘도록 임신한 경험이 단 한 번도 없었다.

따라서 벨라의 말이 꼭 맞지 않을 수도 있었다.

대체로 이런 경우 출산 경험이 있는 여성이 다른 여자의 임신을 눈치채기 쉬우니 말이다.

어쨌든, 벨라의 말을 들은 후에 반디의 마음이 조급해졌다.

골문 앞에서 항상 침착하던 그였지만, 이런 상황에서는 무엇을 해야 할지 몰랐으니까.

아니 대충 여러 가지 이야기를 들은 적이 있었는데, 그게 다 머릿속에서 혼합되며 선후관계에 대한 결정이 어렵게만 느껴졌다.

"일단 가자. 여기서는 그렇고… 마드리드에 가서 병원에 들러보자."

결국은 벨라가 모든 일정을 취소하고 마드리드로 돌아가자는 말을 했다.

기다렸다는 듯이 마드리드로 출발하는 반디.

그리고 벨라의 말이 맞았다.

임신한 지 2개월. 드디어 아빠가 된다는 소식에 반디는 매우 기뻐했다.

아만다 역시 그가 기뻐하니 세상에서 가장 아름다운 미소를 지었다.

바르셀로나에서 겪은 그녀의 아버지와의 설움이 한순간에 다 날아갔다.

"일단 그래도 다른 사람들한테 아직 말하지 않았으면 좋겠어."

"응? 왜?"

아만다가 하는 말에 반디가 의문을 표시했다.

"좀 더 안전해진 이후에 알리는 게 좋다고…."

"그래? 누구한테 들었어?"

"한국 어머니께…."

임신 사실을 안 이후에 아만다는 민선에게 더 자문을 구했다.

아무래도 임신 경험이 있는 쪽의 이야기가 더 정확할 것 같아서였다.

사실 민선은 복잡미묘한 감정이었다.

겉으로 웃고 있었지만, 너무 이른 나이에 할머니가 된다는 점에 서운함도 느꼈다.

그래도 어쩔 수 없었다.

반디가 저렇게 좋아하니 지금부터라도 훌륭한 할머니가 되도록 준비하려고 애썼다.

반디는 훈련장에서도 틈만 나면 아만다에게 전화했다.

"야, 야! 아유, 쟤는 결혼하고 나서 완전히 붙잡혀 사네."

"그거 부럽다는 이야기지?"

페드로의 비아냥에 씨날두가 옆에서 웃으며 말했다.

"아뇨! 안 부러워요! 전 절대로 결혼하지 않을 겁니다. 제가 롤 모델로 삼고 있는 분을 닮아가야 하니까요. 즉, 결혼은 하지 않되 애는 가질 겁니다. 하하하."

씨날두는 쓴웃음을 지었다.

그가 롤모델로 여기는 사람이 누구인지 잘 알고 있었기 때문에.

바로 자신이었다. 결혼도 하기 전에 애를 낳고 길렀던 과거.

"그게 꼭 좋다고만 볼 수 없어. 요즘 보면 나도 반디처럼 결혼을 일찍 할 걸 그랬다는 후회가 생기거든."

"그렇습니…까?"

"응. 그러니까 차라리 너도 빨리 결혼해서 안정적인 삶을 가져라. 반디 봐봐. 요즘 날아다니잖아."

그 말은 사실이었다.

겨울 휴식 기간에 일어난 기쁜 소식이 생겨서 그런지 반디는 최근에 가진 연습경기에서 펄펄 날았다.

전력이 약한 팀이라고는 했지만, 분데스리가 2부 리그 팀을 맞이해서 전반에만 네 골을 넣은 적도 있었다.

그것을 보고 아구스틴도 체르니에게 놀라움을 표현했다.

"저러다가 일 낼 것 같습니다. 진짜 내년 발롱도르 수상자가 되는 것은 아닐까요? 하하하."

"충분히 가능성이 있어. 만약 올 시즌에 저 아이 말대로 3관왕을 한다면 말이지."

발롱도르는 시즌이 아닌 1년을 기준으로 수상한다.

따라서 지난해 성적만으로는 반디가 수상할 가능성은 매우 적었다.

그나마 후보에 오른 이유는 2020~2021시즌 전반기에 준수한 활약을 했기 때문이리라.

하지만 그것으로 지난 시즌 챔피언스 리그와 분데스리가가, 그리고 포칼컵을 제패한 올덴부르크의 선수들을 누를 수는 없었다.

올덴부르크의 정상급 스트라이커 막스와 중앙 미드필더 마르코, 제2의 주영환이라고 부르는 한창수와 수비수 유연우까지.

네 명의 선수들을 발롱도르 후보로 올린 올덴부르크는 드디어 전성기를 활짝 열어젖혔다.

클럽의 감독이 잠시 떠나 한국 대표팀을 맡은 상황에서도 공백이 느껴지지 않을 정도였다.

2021년 1월 12일.

드디어 올덴부르크의 막스가 발롱도르를 수상했다.

그 장면을 보고 있던 반디가 다시 한 번 의지를 불태웠다.

내년에는 반드시 최고의 자리에서 평가받겠다는 목표.

더구나 새로 태어나는 아이에게 선물을 해주고 싶었다.

그 시작이 바로 개막전 첫 경기.

공교롭게도 바르셀로나와의 엘 클라시코였다.

산티아고 베르나베우에서 열리는 엄청난 대전(大戰).

올 시즌 독주하고 있는 두 팀이 서로를 넘어뜨리기 위해서 이를 갈고 있었다.

특히 바르셀로나 선수들의 의지는 남달랐다.

목적의식만 본다면 그들이 더 높이 동기부여 받았다.

지난해 말, 분리독립 투표의 결과로 이들은 카탈루냐의 단독 팀을 염원했다.

스페인 축구 협회에서는 절대 인정할 수 없다는 이야기만 반복했다.

그럴 수밖에 없었다. 스페인 대표팀의 상당수가 바르셀로나 출신이었으니.

관중들은 흥미로운 눈빛으로 곧 시작될 경기장을 지켜보고 있었다.

몸을 푸는 선수 중 두 명의 금발 머리가 그들의 눈에 띄었다.

한 명은 나단.

그는 태어날 때부터 지닌 금발 머리로 관중들의 시선을 받았다.

다른 하나는 놀랍게도 반디였다.

그는 어제 갑자기 머리를 금발로 염색했다.

"뭐야? 얼굴도 잘생긴 놈이 꾸미기까지 하니까, 점점…."

선발 출장한 타미가 부러운 눈으로 반디를 바라보았다.

그러면서 나단에게 한마디 했다.

"너… 오늘 경기에서 쟤랑 붙어 다니지 마라. 같은 금발

이니까 누가 누군지 헷갈린다."

"에이, 그런 게 어딨어요? 어차피 같은 편인데. 하하하."

"같은 편이라… 갑자기 생각났는데, 저기 저쪽 스페인 애들은, 이쪽 스페인 애들을 같은 편이라고 생각할까?"

"네?"

나단은 타미의 말을 듣고 바르셀로나 선수들을 바라보았다.

뜻은 이미 인지했다.

최근 분리 독립을 위한 거친 몸부림으로 레알 마드리드와 바르셀로나의 대결은 스포츠가 아닌 이념의 대결이 되고 있었으니까.

그래서 안타까웠다.

누군가에게는 한 국가 내에서 흥미로운 내셔널리티가 존재한다며 흥미로워했지만, 선수들에게는 아니었다.

"자, 자. 내가 무거운 이야기를 하다니… 미안하다. 하하하. 그런 것 생각하지 말고, 오늘은 승리를 위해서 뛰어야지. 안 그래?"

"그렇죠. 승리. 당연히 이겨야죠!"

나단이 고개를 끄덕이면서 힘주어 말했다.

이들이 이렇게 강조하는 이유는 바르셀로나 선수들의 의지를 엿보았기 때문이리라.

확실히 하나의 이념으로 똘똘 뭉친 그들은 전반 시작하자마자 거친 압박으로 레알 마드리드의 미드필더 라인을 누볐다.

　나단이 공을 잡았을 때에는 엔리께와 카일의 더블 태클이 나왔다.

　경기 초반에 이런 거친 모습이 심리적으로 영향을 주고 있었다.

　특히 레알 마드리드 선수들은 살짝 위축되었다.

　자칫해서 부상이라도 당하지 않을까 걱정하는 모습.

　다만 단 한 선수만이 고군분투하고 있었다.

　그게 바로 반디였다.

　심지어 그는 얼굴에 가득 웃음까지 띠었다.

　"야, 왜 웃어? 잘 못하면 너 오늘 당해. 단단히 벼르고 있단 말이야."

　"네? 누가요? 누가 저를 벼르고 있어요?"

　"여기 선수들. 레알 마드리드의 에이스를 잡겠다면서… 작년 기억 안 나? 4-1로 경기 할 때, 해트트릭했잖아. 오늘 복수한다고…."

　잠시 터치 아웃 상황에서 엔리케는 반디에게 귀띔했다.

　조심하라는 말이었다.

　사실 반디만 조심해야 하는 것은 아니었다.

지난 전반기에서는 시돈차가 깊은 태클로 큰 부상을 당했다.

반디가 극심하게 지쳐 있었을 때, 대신 나왔던 그는 부상으로 시즌을 마감했다.

덕분에 반디와 더그만으로 남은 시즌을 치러야 했던 체르니.

카스티야에서 포워드 한 명을 올리긴 했지만, 경험 부족으로 반디 의존성이 좀 더 심화되었다.

이 상태에서 바르셀로나의 집중 견제를 당한다면.

그리고 부상이라도 입으면 이만저만 손해가 아니었다.

하지만 반디는 여전히 밝은 얼굴로 응수했다.

"뭐 몸을 맞대고 하는 경기에서 부상 걱정하면 어떻게 뜁니까? 전 오늘 반드시 골을 넣어야 합니다. 하하하. 그러니 거칠게 하든 뭘 하든 간에 막아볼 테면, 막아보라고 하십시오."

할 말은 끝났다. 사실 더 할 시간도 없었다.

이미 터치 라인에서 이동하는 공이 레알 마드리드의 중앙을 거쳐 안토니오에게 가더니 롱 패스가 전방으로 떨어졌으니까.

씨날두의 움직임이 기민해졌다.

드리블하는가 싶더니 중앙으로 한 번 패스했고, 원터치에 이어지는 공은 다시 씨날두의 발에 걸렸다.

촤아아악!

거침없이 한 명의 수비수가 태클을 했다.

그러나 유려한 볼터치로 그를 제친 뒤에 씨날두가 페널티 에어리어 중앙으로 이동하는데…

"크윽!"

이번에는 태클이 아니라 몸을 부딪쳐 왔다.

위험 지역에서 슈팅 찬스는 절대 주지 않겠다는 몸부림.

"삐이이익!"

오늘 심판은 적극적으로 호루라기를 불고 있었다.

경기장의 분위기를 인식한 것이다.

"젠장… 왜 이렇게들 거칠어! 누구 한 명 실려 나가야 정신 차리겠어?"

심지어 이렇게 목소리까지 키웠다.

그러나 바르셀로나 선수들은 표정의 변화 없이 벽을 쌓았다.

"저쪽이야! 저쪽! 조금 더 왼쪽으로!"

골키퍼가 큰 소리로 수비벽을 조정했다.

나이가 들어가면서 노련해진 씨날두의 무회전 킥

그것을 대비하기 위해서 골키퍼의 지시를 들어가면서 재빨리 벽을 쌓는 모습이 인상적이었다.

그런데 씨날두가 반디의 곁에 와서 소리를 줄이며 말했다.

"반디야… 네가 차라. 오늘 좀 컨디션이 안 좋다."

"어? 정말이요? 그렇게 말씀하시면… 저야, 좋죠. 하하하."

'이게 웬 떡이냐' 표정으로 반디는 중앙에 놓여 있는 공을 바라보았다.

심판은 배니싱 스프레이를 뿌리고 신호했다.

씨날두가 반디의 앞에 있는 모습.

상대는 예측했다. 당연히 원래 차던 사람이 찰 거라고.

하지만 씨날두가 정지해 있는 공을 넘어갔을 때, 그들은 당황했다.

이는 타이밍을 맞출 수 없다는 말과 동의어였다.

뒤이어 나온 반디의 슈팅이 그들의 늦은 점프를 넘어갔고…

골키퍼는 자신의 시야에서 갑자기 나타난 공을 쫓아가지도 못했다.

출렁! 하고 레알 마드리드의 선취득점이 터졌다.

그리고…

반디는 엄지를 입으로 빨면서 세레머니를 하기 시작했다.

동시에 한 손으로는 유니폼을 걷어 올렸다.

그 모습을 본 씨날두가 웃었다.

그는 라커룸에서 반디가 유니폼 안에 흰옷을 입는 것을 보았다.

'우리 아이에게 주는 1호 골!'이라고 쓰여 있는 것도 빠른 눈썰미로 파악했다.

오늘 하루만큼은 프리킥을 양보해도 될 것이라는 생각.

반디의 의지를 믿었다.

그것이 성공을 거두는 순간이었다.

한국에서는 순식간에 검색어 순위가 반디와 관련된 말로 포탈을 점령했다.

그중 '김민선 할머니'라는 검색어가 특이해 보였지만, 어쨌든 반디에 대한 관심도가 꽤 높다는 것을 증명하는 일이었다.

[벌써 임신이군요. 에스테반 선수, 행복하겠어요.]
[그렇죠. 거기다가 오늘로 벌써 리그 스물두 번째 득점. 리오멜과 씨날두가 기록했던 54득점 신기록과는 꽤 멀지만, 현재 프리메라리가 득점 선두로 치고 나가고 있습니다.]

해설은 호들갑을 떨며 득점 기록을 이야기했다.

리오멜과 씨날두가 2010년대 후반 경쟁하듯이 세운 득점 기록을 들어가면서.

물론 경기당 득점 기록으로는 반디가 50득점을 넘기지

못할 거라는 예상이 지배적이었다.

[그래도 모르는 것 아닙니까? 남은 경기에서 매 경기 득점포를 가동한다면…]

[그렇죠. 수치상으로 54득점을 깨려면, 아마도 경기당 1.7득점은 해야 할 것입니다.]

[그냥 쉽게 말하면, 경기당 두 골 정도를 넣으면 된다는 말씀이시죠? 오늘 벌써 한 골을 넣었으니, 나머지 하나를 넣으면 되겠네요.]

[하하하. 그렇게 편하게 이야기하시니 금방이라도 에스테반 선수가 득점할 것 같네요.]

그러나 이들의 말처럼 쉬운 일은 절대 아니었다.

바르셀로나의 파상 공세.

무려 여덟 번의 짧고 깔끔한 터치로 패스가 이어지더니, 안토니오를 뚫고 카일의 침투 패스가 엔리케에게 도달했다.

최근 물이 오른 베른하르트.

각도를 좁히며 나오는 좋은 선택을 했지만, 공중으로 띄운 공은 그의 키를 넘기며 레알 마드리드의 골망을 흔들었다.

1-1 동점. 경기를 다시 원점으로 돌리는 투지가 돋보였다.

엔리케든 카일이든 모두 바르셀로나 순수 토박이였다.

그들의 발에서 득점이 터지니 더더욱 의미가 깊다고 생각하는 바르셀로나의 감독, 칸테로.

팔짱을 끼고 냉정한 모습으로 필드를 바라보았다.

"필드 골은 아직 없다. 일단 그것으로 성공적이다. 이렇게 생각해야겠습니다."

"그렇죠. 현재 에스테반의 득점력은 리가 최고 수준입니다. 예전에는 슈팅도 아꼈는데, 지금은 아닙니다. 사실 프리킥을 그가 찬다는 것이 의외여서 실점한 거죠."

대답하는 사람은 모리에.

그는 20세 이하 스페인 청소년 팀의 감독을 사임했다.

칸테로가 손을 내밀었기 때문이다.

그뿐만이 아니었다. 페르난도 역시 바르셀로나 B팀을 다른 사람에게 넘겨주고 A팀에 합류했다.

페르난도가 입을 열었다.

"페드로의 약점은 대각선 움직임입니다. 그리고 마리오는 몸싸움에 약합니다. 중앙에서 계속 타이트한 압박을 하게 된다면 공급이 힘들어질 겁니다. 결국, 씨날두가 중앙으로 이동하지 않는 한 공격 1선으로의 패스 연결이 매우 부자연스러워질…."

다 말을 끝내지 못하는 페르난도.

그의 눈에 씨날두의 위치 이동이 보였다.

왼쪽과 중앙 사이에 자리를 잡았다.

레알 마드리드 벤치에서 지시한 지는 확인되지 않았지만, 씨날두가 판단했든 체르니가 해법을 발견했든 간에, 방금 생겨난 레알 마드리드의 약점 하나가 해결의 기미를 보였다.

"음… 예전과 달라졌군요. 웬만하면 전술을 잘 안 바꾸는 감독이었는데."

"그래도 상관없습니다. 오늘은 수비가 아니라 공격력으로 대결할 거니까요."

페르난도의 탄식과 같은 음성에 칸테로가 다시 의지를 불태우며 앞으로 걸어갔다.

그의 손이 쉴 새 없이 움직였다.

선수들의 위치를 조정하기 위해서 목소리와 몸짓까지 동원했다.

체르니가 살펴보니 좀 더 공격적인 진형으로 레알 마드리드의 중앙을 좁혀왔다.

"맞대응하실 건가요?"

아구스틴이 살짝 눈치를 보면서 말했다.

하지만 대답을 회피하는 체르니.

그 모습을 보고 아구스틴은 깨달았다. 이번에도 선수들에게 맡기려는 의도를.

조금 전 실점 장면 후에도 그는 말했다.

아직 동점이라고. 선수들이 생각하면서 플레이할 거라고.

그의 말이 곧 증명되었다.

오늘 필사적으로 승리하려는 바르셀로나를 맞이해서 씨날두가 선택한 것은 '중도'였다.

이게 말이 쉬운 것이지, 실제로 하려면 답답해서 못 한다.

특히나 어린 선수들로 이루어진 레알 마드리드의 오늘 구성원.

인내심이 끝까지 유지될지 알 수 없었다.

그래서 씨날두와 타미의 역할이 중요했다.

좀 더 중앙으로 붙은 씨날두와 좀 더 왼쪽으로 치우친 타미는 전체적으로 경기를 조율하려고 애썼다.

바르셀로나 선수들이 중앙으로 들어와 덤벼 들면 공을 뒤로 돌렸다.

"받고 안 되겠으면 골키퍼로…."

안토니오에게 이렇게 말하고 타미가 다시 중앙으로 들어갔다.

틈을 보아 중앙으로 연결하되 쉽지 않겠다 싶으면 베른하르트에게 돌리라는 말이었다.

젊은 선수 중 가장 침착한 안토니오가 그의 말을 받았다.

그러자 중앙에서 레알 마드리드 깊숙한 지역까지 압박하러 나선 바르셀로나의 공격수들.

당연히 레알 마드리드의 중앙 미드필더들이 밑으로 내려왔다.

그렇지 않으면 골키퍼는 걷어낼 수밖에 없었으니까.

한 번 공을 잡으면 점유능력이 세계 최강인 바르셀로나였다.

늘 이 패턴으로 압박하고 롱 볼을 유도한 뒤 공을 빼앗는 것은 그들의 장기.

따라서 공간을 열어주며 골키퍼가 찰 수 있도록 해주는 게 필요했다.

베른하르트는 웬만한 수비수보다 킥이 정확하기로 유명했기에 붙어준다면 정교한 패스가 이어질 것이었다.

그런데…

"지금이야! 지금!"

칸테로의 입에서 큰 목소리가 나왔다.

그는 레알 마드리드에서 선수 생활도 코치도 해봤다.

그러다가 운영에 개입하기도 했었는데, 이혼 후에는 완전히 등을 돌렸다.

그 때문에 전술 메카니즘을 파악하기가 어렵지 않았다.

자신도 모르게 패턴화되었던 레알 마드리드의 수비조직력.

골키퍼를 포함해서 어디로 패스할지가 그가 분석한 범위 내에 있었고, 훈련을 통해 비책을 마련했다.

레알 마드리드가 압박받을 때 가장 먼저 사용하는 루트는 바로 나단이었다.

그는 반디와 더불어 퍼스트 터치의 달인이었기에 안심하고 공을 차줄 수 있었고, 바로 지금 그를 발견한 베른하르트의 선택이 이루어졌다.

좌아아악!

공을 받자마자 더블 태클이 그에게 갔다.

오늘 상당히 거친 엔리케와 카일이 몇 차례나 이런 식으로 그를 견제했다.

나단은 순간적으로 당황했다.

공을 소유하기는 힘든 상황에서 그 역시 가장 믿는 선수에게 패스했다.

그게 바로 씨날두였다.

턱!

그러나 중간에 공을 가로챈 최선율.

스피드가 폭발했다. 안토니오를 팬텀 드리블로 제치며 무인지경을 만들었다.

그리고 골키퍼와 일대일 상황에서 망설임 없이 한 슈팅이 다시 골문을 갈랐다.

역전! 투지와 의욕이 만들어낸 것이기도 했지만, 칸테로의 비수가 꽂힌 순간이기도 했다.

"으하하하하! 거봐! 된다고 했잖아. 된다고. 하하하하."

그는 크게 웃었다. 기어코 역전을 이루어낸 것에 묘한 쾌감이 온몸을 자극했다.

이제 그는 선수들에게 준비해 놓은 지시를 하기 시작했다.

그리고 그것을 본 반디는 특유의 밝은 표정을 지울 수밖에 없었다.

바르셀로나가 취한 전술은 완벽한 수비를 위한 진용이었기 때문이다.

늘 이 두 팀의 경기는 치고받는 것이 많았다.

때로는 좀 더 강한 팀이 공격적이었고, 그래서 그것을 막으려 쥬제뉴 시절에는 텐 백을 사용하기도 했다.

그런데 바르셀로나의 경우에 극단적 수비 전술을 취하는 경우는 거의 없었다.

경기를 지켜보고 있는 로메오와 하비에르조차 이런 모습을 처음 보았다.

"흠. 저러다가 전반전이 끝나겠습니다."

"전반전뿐만 아니라, 후반전에도 저렇게 나온다면, 어떻게 할 수가 없습니다."

로메오의 한숨과 섞어나온 말에 하비에르가 힘없이 경기 결과를 예측했다.

그는 거기서 끝나지 않고 지금 끌려다니는 이유까지 분석하고 나섰다.

"칸테로가 팀을 너무 잘 압니다. 모리에는 반디와 안토니오 등 20세 이하에서 잠시 보았던 선수들을 잘 파악했고요. 페르난도 역시 마찬가지입니다."

"그렇군요. 거기다가 저렇게 마음먹고 수비만 한다면 바르셀로나의 공을 어떻게 빼앗을 수 있을까요?"

주름살 가득한 로메오가 얼굴을 찌푸리니 더더욱 자글자글했다.

확실히 반디가 얼굴을 찌푸리는 것과는 완전히 달랐다.

동양인 치고 높은 코와 쌍꺼풀이 없어서 더 매력적인 눈이 한군데로 모였다.

경기가 마음대로 안 될 때 나타나는 표정이었다.

그렇다고 조급하지는 않았다.

해법 마련에 골몰할 때 주로 그는 이런 얼굴을 했다.

물론 전반전이 끝나고 후반전이 시작되었을 때에도 여전히 그의 얼굴은 그 표정에서 풀어지지 않았지만.

그러다가 펴지기 시작한 얼굴은 나단을 보고 나서였다.

뭔가 발견한 눈치. 터치 아웃이 되었을 때, 반디는 그에게 가서 조용히 속삭였다.

이윽고 둘이 가장 앞선에 나섰다.

"저거 무리수 아닐까요?"

이번에도 아구스틴은 부정적인 견해를 내비쳤다.

반디가 노린 것이 눈에 보인다는 듯.

"장단점이 뚜렷해. 예측하기 힘들군."

체르니는 그의 말을 받으며 가만히 필드를 지켜보았다.

나단은 중앙에서의 핵이다. 그가 공을 공급해야 레알 마드리드의 전술이 완벽에 가까워진다.

그런데 중앙에서 최전방으로 옮기면 패스의 흐름이 불완전해질 수도 있었다.

반면 장점은 퍼스트 터치가 뛰어난 두 명의 포워드가 생겼다는 것이다.

물론 전문적인 포워드가 아닌 나단의 득점력은 높지 않았지만, 곧잘 페널티 에어리어에서 기회가 나면 놀라운 능력으로 공을 받았다.

그게 치명적인 패스와 득점으로 이어진 것을 몇 번 본 모리에가 감독에게 충고했다.

"위협 공격 몇 번쯤은 있어야 할 것 같습니다."

똬리만 튼 뱀처럼 보이니까 치명적인 지점에 상대 선수들이 모인다는 뜻이었다.

그 말을 듣고 칸테로가 고심하는 표정을 지었다.

코치의 말은 맞지만, 왠지 그러면 안 될 것 같은 느낌.

그래서 낮은 목소리로 말했다.

"늘 그렇게 해서 당한 적이 많았죠. 바르셀로나의 강점인 점유율. 그것을 수비하는 데에 쓴다고 생각해 보십시오."

"그렇기는 하지만…."

할 말은 없었다.

확실히 칸테로가 바르셀로나 출신이기는 하지만, 바르셀로나의 진정한 정신을 계승한 것으로 보이지는 않았다.

네덜란드 출신의 토털축구 신봉자가 지금 이 모습을 보고 매우 실망할 거라는 생각에 페르난도는 마음이 불편했다.

그래도 감독의 철학을 보조하는 게 그의 임무였다.

또한, 칸테로의 말대로 현재 레알 마드리드의 돌파구가 쉬워 보이지는 않았다.

원래 측면 공격에 강점이 있는 레알 마드리드였는데, 양쪽 윙 포워드의 기동력이 전혀 살아나지 못했다.

그런데 어느 순간 갑자기 크로스가 올라오기 시작했다.

쉬이이익!

예리한 각도로 꺾이는 공은 중앙에 있는 반디와 나단을 향했다.

두 명의 금발이 공중에서 치열하게 수비수들과 맞붙었다.

"저… 저거 위험한데요?"

페르난도가 외쳤을 때, 공은 골포스트에 맞고 튕겨 나왔다.

반디가 쏜 헤딩슛이었다.

밀집된 곳에서 매우 단순한 방법이지만, 효과가 없지는 않았다.

칸테로도 이제야 느꼈다.

나단의 키는 185cm. 반디와 함께 퍼스트 터치가 좋았기 때문에 신체 부위 어디에 걸려도 위험했다.

밀집 수비에서 이 둘을 견제하지 못하면 말짱 도루묵이라는 생각에 그는 소리쳤다.

"공을 돌려! 계속!"

공을 돌리라는 칸테로의 외침.

사실 잘 들리지 않았다.

지금 이들은 정신이 없었다.

더구나 칸테로는 부임한 지 얼마 안 된 감독이었고, 선수들의 특성을 파악하는 데 시간이 필요했다.

어느 타이밍이 어떻게 조언해야 선수들의 시선을 이끌지에 대해서 좀 더 연구가 필요했다.

그런데 그의 연구는 곧바로 끝이 났다.

"심판! 심판! 판정 잘 안 해? 오프사이드잖아!"

갑자기 그가 큰소리를 질렀다.

마리오의 침투 패스가 반디의 발에 갔을 때, 외친 소리
였다.

경기는 중단되지 않았다.

오프사이드가 아니었기 때문이다. 누가 봐도. 심지어 칸
테로 자신이 생각하기에도.

그러나 선수들의 시선을 끌고 오는 데에는 성공했다.

"영리하군. 역시….”

체르니는 그가 하는 방식을 보고 눈을 빛냈다.

선수들이 잠시 정신 나간 기분이 들 때면 그 어떤 수단
과 방법을 가리지 말아야 한다는 것을 몸소 보여주는 칸테
로.

심판에게 항의하는 것도 하나의 방법이었다.

이게 무리수로 변하면 퇴장을 당하겠지만.

"저건 주의도 안 주네요. 도대체 저희가 홈경기인데, 오
늘 심판은 대단히 호루라기를 아낍니다.”

"민감한 거지. 분리독립 후에 처음으로 바르셀로나와
레알 마드리드가 붙었어. 스페인에서는 축구가 종족전쟁
이야. 심판의 휘슬 하나가 잘못하면 큰 문제를 일으킬 수
가 있어. 저기를 봐!”

아구스틴의 불만 섞인 말투에 체르니가 손가락으로 관
중석 한 편을 가리켰다.

바르셀로나의 원정팬이 꽤 많이 운집했다.

엘 클라시코에 관심도가 당연히 그들을 몰고 왔겠지만, 오늘은 특히나 그 숫자가 적지 않았다.

심판으로서는 그들이 많든 적든 모든 판정에 신중해야 했다.

국내 정세가 불안하다. 당연히 그들을 자극하는 행동은 하지 말아야 할 것이다.

칸테로는 이미 이 부분에 대해서 잘 알고 행동하고 있었다.

홈 어드밴티지의 최소화.

그런데다가 바르셀로나 선수들의 이기겠다는 투지가 어우러져 현재 2-1의 승부를 만들어냈다.

반디가 날린 회심의 슛이 실패한 것도 사실 칸테로의 주문이 먹혔다는 뜻이었다.

별다른 전술적 지시보다는 선수들의 이기겠다는 의지를 계속 자극했다.

"너희는 카탈루냐의 아들들이다! 카탈루냐를 대표하고 있다! 그 어떤 것이라도 막아라!"

그 말 때문인지는 모르겠지만, 골키퍼는 반디의 강력한 슛을 방어해냈다.

평소 같으면 할 수 없었던 놀라운 선방!

그의 손을 맞고 골라인 아웃이 되면서 반디는 아쉬운 입맛을 다셨다.

그러자 반디의 금발 머리를 쓰다듬는 손이 나타났다.

"너무 실망하지 마. 오늘 넌 정말 잘하고 있어."

"쟤들이 더 잘하니, 제가 잘하는 것으로 보이지 않네요, 쩝."

씨날두의 격려에도 반디는 이렇게 말했다.

하지만 실망도 잠시. 다시 미소를 짓는 반디는 씨날두에게 무언가 속삭인 뒤에 벤치를 바라보았다.

적극적인 전술변화를 요구하는 것처럼, 그는 손가락으로 페널티 에어리어를 자꾸 가리켰다.

'자, 보세요. 전 이런 전술을 원합니다.'

라고 말하는 것 같았다.

"저 녀석이 뭐라는 거죠?"

아구스틴이 체르니에게 물었다.

하지만 체르니조차도 이번에는 잘 알 수가 없었다.

반디는 어깨를 으쓱하며 자신의 눈을 두 손가락으로 가리켰다.

그리고 그 두 개의 손가락을 바로 뒤집으며 체르니의 눈을 향했다.

마지막으로 페널티 에어리어를 가리킨 모양.

이것은 알아들을 수 있었다.

결국, 두 눈으로 보고 해법을 마련해달라는 이야기였다.

짧은 시간에 이 모든 것을 전달한 반디.

미소를 지으며 페널티 에어리어로 들어갔다.

"자, 자! 집중력 가집시다! 페드로가 요즘 코너킥 잘 차잖아요. 하하하."

원래 왼쪽에서 차는 코너킥은 그동안 씨날두가 담당했다.

그런데 웬일인지 씨날두는 페드로에게 차라고 했다.

당연히 페드로는 수락했다.

그는 아까 보았다. 씨날두가 반디에게 프리킥을 양보하는 것을.

이번에도 그렇게 받아들였다.

씨날두의 킥 컨디션이 진짜 좋지 않다고 판단했다.

공을 놓고 뒤로 돌아가며 태엽을 감듯 다시 앞으로 나오는 페드로.

텅!

그의 오른발에 맞은 공이 페널티 에어리어 바깥을 거쳐서 안쪽으로 예리하게 꺾여 들어왔다.

레알 마드리드의 최장신은 안토니오와 같이 수비를 보고 있는 시르보치.

세르비아 출신의 그는 195cm의 키로 공중전 제압의 달인이었다.

그래서 그런지 그의 옆에 바짝 붙은 수비수가 그와 몸싸움을 하면서 같이 떴다.

텅! 둘의 이마에 맞으면서 다시 코너 아웃.

그리고 또 한 번의 코너킥은 씨날두의 머리를 맞았다.

"아아아아!"

관중들의 함성이 의미하는 것은 당연히 목표한 곳을 아슬아슬하게 벗어났다는 뜻.

하지만 이제야 체르니는 깨달았다.

반디가 이야기하고 있는 것이 무엇인지.

"아무리 나이가 들었어도 여전히 배울 게 많아. 하하하."

"그게 무슨 소리…."

"됐고, 빅토르를 준비시켜."

"네? 빅토르요? 누구와 바꾸시려고…."

"가장 키 작은놈이랑."

그가 말한 조건에 부합하는 이는 페드로였다.

아구스틴은 살짝 의아한 표정을 지었다.

페드로는 최근 강력한 드리블과 스피드로 오른쪽을 지배했던 선수.

속도에는 슬럼프가 없다는 말을 몸소 증명해왔다.

매 경기 평균 드리블 횟수 5.6회로 프리메라리가에서 1위.

드리블 성공 또한 4.2회로 선두를 달리고 있었다.

"후반전 시작한지 얼마 안 되었습니다."

"그러니까 지금 해야지. 뒤로 갈수록 더 조급해져."

"그게 아니라…."

"자세히 보게. 지금 기동력을 살릴 수 있는 상태인지."

체르니의 목소리가 살짝 커졌다.

무조건 자신의 지시에 따르지 말고, 잘 못 가고 있다면 한 번 제동을 걸어 달라고 늘 아구스틴에게 말해왔다.

그런데 지금은 아구스틴이 쓸데없이 말이 많다고 여겼을까?

체르니의 목소리에 조바심이 섞였다.

양쪽 윙이 지금은 전혀 활약할 수 없는 상황.

아구스틴이 의아해 하는 것은 왜 페드로 대신 빅토르냐는 것이다.

굳이 윙을 강화하려면 씨날두를 불러들이는 게 옳은 선택이다. 그래서 말을 받는 것이었는데…

그의 조바심 넘치는 말을 듣고 아구스틴은 그제야 깨닫게 되었다.

굳이 경기장을 볼 필요도 없었다.

전반 막판부터 레알 마드리드의 기동력은 전혀 살아나지 못했으니까.

아니 살지 못하도록 바르셀로나가 수비 위주의 경기를 운용했다.

"결국, 공중전으로 승부를 하겠다는 말씀이시군요."

"알면 빨리 준비시켜!"

"아이쿠, 알겠습니다."

뒤늦게 눈치챈 아구스틴.

신장 180이 넘는 빅토르가 들어가고 페드로가 나왔다.

이것을 보고 칸테로는 눈살을 찌푸리기 시작했다.

"공중전이군…."

제공권을 장악하겠다는 속셈이 이제야 들어왔다.

그는 재빨리 목소리를 키우며 선수들에게 지시했다.

"조심해라! 머리를 조심해! 알겠어?"

그러나 칸테로의 외침은 잘 먹히지 않았다.

그 말을 듣지 못했다는 게 아니다.

말을 들어도 선수들이 적절하게 대처할 수 없었다.

이기겠다는 의지가 극점에 있을 때, 기술이나 전술은 극복하기 쉬웠다.

때로는 정신력을 강화하면 못 할 게 없으니 말이다.

하지만 키의 차이는 문제가 달랐다.

갑자기 키가 커질 수는 없었다.

오늘 유난히 바르셀로나의 엔트리가 작은 선수로 구성되었다는 것을 알아챈 반디.

그래서 공중전을 계획했다.

나단을 페널티 에어리어로 끌어들였고, 씨날두까지 불러들였다.

그게 시작이었다. 점점 먹히는 것처럼 보이자 수비수들이 달려들었다.

경기의 양상은 매우 단순해졌다.

왼쪽과 오른쪽에서 크로스가 날아오면 페널티 에어리어 안쪽에 있는 선수들이 헤딩 슛!

그것을 막으려고 애쓰는 바르셀로나 선수들이 진땀을 흘렸다.

"저건…."

갑자기 바뀌는 분위기에 칸테로는 후회했다.

너무 급하게 선수들을 다 바꾸었다.

후반 들어서 공격에 비중을 두지 않으면서 기동력이 좋은 최선율을 조금 전 벤치로 불러들인 것이다.

"나머지 하나는 좀 큰 애로 들여보내야겠습니다."

수석코치가 긴장하면서 하는 말.

칸테로는 고개를 끄덕이면서 동의를 나타냈다.

그는 입술을 깨물었다.

점점 후회가 커지면서 자신의 성급함을 탓하기 시작했다.

전반전을 마치자마자 바꾼 수비형 미드필더가 그의 눈에 띄었다.

고작 170cm의 수비형 미드필더는 고공 볼 다툼을 견디기 힘들어했다.

결국, 또 다른 방안을 강구한 칸테로.

자신의 마지막 자존심을 버렸다.

"시간 끌어. 들어가서 그렇게 이야기해."

마지막 한 장의 카드는 그렇게 사용했다.

그나마 가장 키 큰 수비수 하나를 중앙 미드필더와 바꿔 주었다.

그리고 지시했다. 시간을 끌라고.

그런데 그게 마음대로 될 리가 없었다.

이미 분위기를 타고 있는 레알 마드리드의 선수들.

이번에는 마리오가 오른쪽으로 진출했고, 씨날두까지 들어오며 세 개의 탑을 구성했다.

결국, 하나가 제대로 걸렸다.

타미의 크로스가 넘어왔을 때 반디의 머리에 먼저 닿았다.

수비수가 같이 떠서 정확히 맞추지는 못했지만, 아니 그랬기에 나단이 기회를 잡았다.

공중에 뜬 그의 허벅지 부근으로 공이 왔을 때, 그는 일단 맞추는 데 주력했다.

그래서 이상한 모양이 되었지만, 방향을 예측하지 못한 골키퍼의 옆으로 공이 들어가 버렸다.

철썩!

"나이스!"

반디가 기분 좋은 목소리로 나단에게 달려갔다.

그게 시작이었다. 주변에 레알 마드리드의 선수들이 이 두 금발 머리를 향해 몰려들었다.

반면 바르셀로나 선수들은 암담한 표정을 지었다.

허탈함이 묻어있는 그 얼굴에 고민도 새겨졌다.

문제가 드러났지만, 해결책이 없었기 때문에.

"자, 자. 계속 하는 겁니다. 이제 어쩔 수 없어요. 어떻게 막을 거예요? 키가 안 되는데? 안 그래요? 하하하."

그들의 가슴을 후벼 파는 반디의 목소리에 더더욱 눈빛이 암울해졌다.

그리고 시작된 매우 단조로운 공격.

프리메라리가에서는 미드필드 진의 패스조합과 공격수의 마무리 능력을 높이 평가한다.

세계에서 가장 아름다운 축구를 한다는 리그가 바로 스페인이었다.

그런데 지금은 공만 올리고, 그것을 머리에 맞추며 골문을 두드리는 단순한 공격 패턴만 고집했다.

그것도 프리메라리가 최고 수준의 팀인 레알 마드리드가 취한 전술이었다.

수비수들은 일단 반디만 집중해서 마크했다.

"아이고, 저만 막으시면 안 될 텐데…."

그의 말이 맞았다. 결국, 역전 득점은 빅토르의 머리에서 나왔다.

이제 남은 시간이 3분.

기자들은 오늘 체르니의 용병술에 대한 칭찬 기사를 작성하기 시작했다.

정작 체르니는 다시 한 번 반디에게 감탄하고 있었다.

"저 녀석이 나중에 나이 들면, 세계 최고의 감독이 될지도 몰라….."

"동감합니다. 예전에 카스티야를 지도했을 때, 종종 저 녀석이 경기 다 해먹는 것을 보았으니까요."

아구스틴 역시 웃으면서 체르니의 말을 받았다.

그리고…

"삐이이이익!"

심판의 호루라기가 울리면서 경기가 끝났다.

반디는 들어오면서 바르셀로나의 벤치를 바라보았다.

칸테로가 자신을 향해 다가오고 있었다.

놀랍게도 손까지 내미는 그의 모습.

"고생하셨습니다."

"응. 자네야말로. 오늘 단단히 당했어. 비록 득점은 하나밖에 없었지만…."

반디는 살짝 미간을 좁혔다.

그가 듣고 싶은 이야기가 아니었다.

"그게 다입니까?"

"응? 아아… 그래, 축하해. 오늘 승리. 사실 주변 눈치가 보여서 이렇게 대놓고 축하하긴 힘들지만, 어쩔 수 없군. 사위가 원한다는데… 하하하.”

어색하게 웃는 칸테로. 그런데 여전히 반디의 표정은 좋지 않았다.

“그게 아니라 아까 제가 유니폼에 써 놓은 것. 분명히 보셨을 텐데요. 할아버지가 되시기 싫으신 건가요? 아만다가 꽤 서운해할 것 같습니다.”

이번에는 칸테로의 표정이 굳었다.

변명의 여지가 없었다.

사실 그의 머리에는 오늘 경기 내용, 그리고 앞으로 리그를 어떻게 운용해 나갈 것인지만 가득했다.

드러난 약점을 빨리 메우는 것도 필요했다.

마지막으로 가장 중요한 것은…

어떻게 하면 반디를 카탈루냐 선수로 만드는가?

원래 목표를 향해 돌진하는 외골수의 눈에는 전혀 현실성 없는 것에서 가능성을 찾는다.

칸테로가 그랬으며, 자신의 딸이 임신했다는 것도 큰 감흥이 일어나지 않았다.

그 표정을 보고 많은 것을 알아챈 반디.

재빨리 칸테로의 손을 놓으며 몸을 돌렸다.

“전 입양압니다. 친아버지의 얼굴을 한 번도 직접 본 적이 없죠. 그런데 항상 드는 생각은… 어렴풋이 그가 저를 매우 사랑했을 것 같다는…, 분명히 옆에 있었다면 제가 아버지가 된다는 그 사실을 매우 기뻐했을 거라는 생각이 들었습니다. 그래서 생각만 해도 행복했습니다. 어디에 계시는지는 몰라도, 만약 하늘에 계신다면 오늘 가장 잘 보시도록 머리를 금색으로 물들이면서, 유니폼 안쪽에는 아이에 대한 이야기로 잔뜩 써 놓았죠. 하지만 아만다는…."

"……."

"더 말하지 않겠습니다. 당신의 딸이자 저의 아내에게 상처를 주는 일은 없었으면 좋겠네요."

반디는 그렇게 말한 후에 레알 마드리드의 벤치로 가서 동료들과 기쁨을 나누었다.

여전히 필드 위에는 아무 말도 하지 못하고 멍하니 있는 칸테로는…

"그러고 보니… 내가 할아버지가 되는 거군."

이제야 미묘한 기분을 느끼며 중얼거렸다.

그리고 그날 저녁 정말 오랜만에 아만다에게 먼저 통화 버튼을 눌렀다.

퍼스트 터치 FIRST TOUCH

Chapter 66

NEO SPORTS FATASY STORY

퍼스트
터치

    프리메라리가에서 가장 눈길을 끄는 두 거함의 충돌은 레알 마드리드의 승리로 끝이 났다.

    이 경기를 마친 후에 각 팀 수장의 인터뷰가 눈길을 끌었다.

    체르니는,

    "제가 한 것은 거의 없습니다. 저희 팀은 선수들이 생각하면서 플레이하기 때문에, 이번 경기도 마찬가지의 흐름이었습니다. 특히 후반전에 고공플레이를 선보인 것도 에스테반의 아이디어였고, 저는 그 위에 살짝 지원만 해준 것뿐입니다."

    라고 말하며 반디의 공을 내세웠다.

패장인 칸테로 역시 반디로 인해서 바르셀로나가 무너졌다는 말을 했다.

"제 첫 경기를 사위가 망쳤습니다. 기분이요? 반반입니다. 졌으니까 책임도 져야 하고, 팀을 수습해서 다시 도전해야죠. 카탈루냐인에게 희망을 주는 FC 바르셀로나인데. 그래도 득점을 한 것이 사위라서 기쁘고, 이 자리를 빌려서 딸에게 할 말이 있는데… 손주를 보게 해줘서 정말 행복하다고. 매일매일 손주의 얼굴이 떠오른다고… 이 말을 전해주고 싶습니다."

마지막 말을 할 때에 그는 살짝 표정이 굳었다.

아무래도 어색해하는 것 같았다.

그동안 하지 못했던 아만다에 대한 애정표현.

사실 이제야 슬슬 느껴졌다. 그녀가 핏줄이든 아니든, 자신에게는 소중한 존재라는 것을.

다음날 인터뷰내용을 본 아만다 역시 눈시울을 붉혔다.

옆에 있던 반디는 그녀를 꼭 껴안으며 이렇게 말했다.

"아버님이 너를 인정하지 않는다는 것은 서로 오해한 거야. 안 그래?"

고개를 끄덕이는 아만다는 그의 품에 꼭 안겼다.

다시 한 번 그와 결혼하기를 잘했다는 생각을 하면서.

사실 칸테로의 발언이 아만다만 인정하는 게 다가 아니었다.

사위로서 반디를 인정하는 일, 그리고 축구 선수로서 반디를 최고로 평가하는 것도 칸테로가 한 코멘트 안에 있었다.

다만 그렇게 가족 이야기로 끝내는 것도 좋았을 텐데, 카탈루냐의 분리독립이라는 민감한 화두도 던졌다.

그는 최소한 축구팀이라도 국제대회에서 스페인과 분리해서 따로 나가야 한다는 말을 했다.

언론은 이 문제를 집중적으로 다루었다.

엘 클라시코라는 경기가 점점 이념화되는 것에 안타까워하는 사람들도 있었지만, 국제사회는 오히려 흥미를 느끼고 지켜보았다.

심지어 영국의 BBC는 이를 주제로 토론도 했다.

"당연히 축구팀을 나누어야 한다고 생각합니다."

"이유는요?"

진행자는 웨일즈의 전설적인 선수, 라이언에게 이유를 물어보았다.

장래 맨체스터 유나이티드의 감독이 그라는 말이 있었다.

그는 맨체스터 유나이티드의 전설이자, 웨일즈의 축구 영웅이기도 했다.

"영국도 네 개의 연방이 국제 대회에 나가고 있습니다. 스페인이라고 해서 그러지 말라는 법은 없습니다. 저는 카탈루냐를 지지합니다."

"그런데 그렇게 되면 좋은 선수들이 둘로 나뉩니다. 스페인이었을 때 하나가 된 이들이, 둘로 분산되면 국제대회에서 큰 타격을 입을 것입니다."

반대하는 쪽은 프랑스와 아스털의 레전드.

'킹'이라 불렸던 과거에 그는 프리미어리그 득점왕도 몇 차례 차지했다.

"처음에는 그렇겠죠. 하지만 오히려 지금 스페인이 하나의 팀이 못 되고 내분을 겪는 것보다 나을 것 같습니다."

옳은 말이었다. 최근에 스페인의 선수들, 정확히 말하면 바르셀로나 선수 중 몇은 국가 대표 선발을 거절했다.

그러면서 내부의 갈등을 언론이 다루었다.

2018년 월드컵과 2020년 유로 대회에서 스페인이 부진한 것도 다 내부의 불화 때문이라고 말하는 전문가도 있었다.

토론은 답 없이 끝났다.

사실 스페인의 문제를 영국이 해결해줄 수 있다는 것 자체가 어불성설이었다.

정작 스페인은 다른 문제로 이슈가 넘쳤다.

바로 반디의 행선지 때문이다.

그가 레알 마드리드라는 클럽에 소속되고, 앞으로도 쉽게 이적할 것 같지 않다는 사실은 모두 알고 있었다.

그러나…

"어떤 식으로든 국가 대표에 뽑아야 합니다."

"……."

헤수스는 오늘 국가대표 감독, 파블로를 찾아갔다.

그가 반디를 아낀다는 것은 대부분 알고 있는 사실.

특히나 스페인에서 나오기 힘든 유형의 포워드라고 늘 언론에서 강조해 왔다.

하지만 파블로는 얼굴을 찌푸릴 수밖에 없었다.

그는 이것을 압력이라고 느꼈다.

그 역시 나이가 이미 환갑을 넘었다.

헤수스와의 나이 차이가 있지만, 이렇게 압력을 받을 만한 위치가 아니라고 생각했다.

"저도 에스테반이 잘하는 선수라는 것을 알고 있습니다. 하지만 제 전술에는 맞지 않습니다."

"감독님, 전술에 에스테반을 넣으라는 말을 하는 게 아닙니다. 한 번이라도 국가 대표에서 불러들인다면, 에스테반은 다른 나라 국가 대표선수로 뛰지 못할 겁니다."

"오버하지 마세요. 에스테반의 국적은 스페인입니다. 이중국적도 아닌 스페인! 그가 한국으로 귀화할 리도 없고, 카탈루냐라는 나라는 생기지도 않았습니다. 전 왜 이렇게 불안해하시는지 전혀 이해하지 못하겠습니다."

헤수스는 입을 다물었다.

그는 잠시 자신이 오늘 찾아온 게 실수라는 것을 깨닫는 중이었다.

괜히 건드렸다. 급한 마음에 반디를 국가대표로 뽑으라는 권유를 하러 왔지만, 오히려 상대의 기분만 나쁘게 했다.

"죄송합니다. 제가 오늘 온 것은 감독님께 추천하려는 의도였습니다. 그게 본의 아니게 압력으로 비쳤다면… 사과드리겠습니다."

헤수스는 말투를 다시 차분하게 바꿨다.

가끔 구부러질 때도 있어야 한다는 것을 잘 알았다.

이게 그를 이번에 스페인 축구협회의 부회장으로 만들었다.

"아닙니다. 저도 이게 고집으로 보였다면… 다시 한 번 그 선수를 재평가해보도록 노력하겠습니다."

이번에는 파블로가 사과했다.

그리고 헤수스가 가고 나서 다시 한 번 반디의 플레이 영상을 돌려보았다.

나쁘지 않았다. 그만이 가지고 있는 특별함이 묻어나는 것 같았다.

특히 반디의 위치가 눈에 띄었다.

가장 위이기는 하지만, 가끔 밑으로 쳐지는 플레이도 잘했다.

디에구스타와 카브레로라는 걸출한 스트라이커가 없었다면, 그를 발탁하고 싶었다.

그러나 현재 포워드진은 아무리 생각해도 나쁘지 않았다.

그들 중 하나가 부상이라도 당한다면 모를까, 지금은 그저 기다려달라는 말만 할 수 있었다.

그래도 경기장을 찾는 일은 게을리하지 않았다.

지난번 엘 클라시코에서도 그는 귀빈석에 앉아서 반디의 플레이를 유심히 살펴보았다.

좋은 플레이고, 스페인에서 최고의 스트라이커가 될만했다.

하지만 아직은 세계 최고가 아니었다.

무언가 2% 부족해 보였다.

그게 무엇인지는 파블로조차 알 수 없었다.

그래서 다음 경기도 지켜보리라 다짐하는 국가 대표 감독.

그의 생각도 모른 채 반디는 훈련에 매진하고 있었다.

일단 그의 머릿속에는 국가대표가 우선이 아니었다.

따라서 한국과 카탈루냐가 자신을 주목하고 있다는 것은 전혀 신경 쓰지 않았다.

지금은 올 시즌 팀의 3관왕을 이루고 기회가 날 때 득점하는 것.

리그에서는 스물두 개의 득점을 거두고 있지만, 챔피언스 리그에서 벌써 열 개다.

경기당 득점은 챔피언스 리그가 더 높았다.

작년 말에 시작된 코파 델 레이에서도 해트트릭하며 이번 시즌 국왕 컵에서 총 네 개의 득점이다.

현재까지 서른여섯 개의 득점 기록.

"후유, 서른여덟 개 남았다."

"잉? 그게 무슨 소리야?"

"리오넬 기록을 깨려면 앞으로 서른여덟 골을 넣어야 한다고."

"헐…."

빅토르는 반디가 하는 말을 듣고 입을 벌렸다.

목표가 높다는 것은 알았지만, 이번 시즌 득점왕이 아니라, 프리메라리가 최고 기록을 깨는 거였다.

"지금까지 추세라면 힘들 것 같은데…."

이번에는 안토니오가 끼어들었다.

늘 그렇지만 분석왕이라고 불리는 그였다.

"현재까지 네가 스무 경기에 출전했어. 경기당 득점이 약 1.8골이지."

"그럼 불가능한 수치가 아니잖아요. 하하하."

반디는 웃으면서 안토니오의 말을 받았다.

"뭐야? 벌써 계산한 거야? 너 수학도 잘하니?"

"이것도 계산 못 한단 말이야? 남은 경기 숫자에 1.8을 곱하면 되잖아."

반디의 구박에 빅토르가 인상을 썼다.

사실 공부와는 거리가 멀었기 때문에, 이런 계산할 때에는 슬그머니 뒤로 물러서는 게 나았다.

그래서 아무 말 하지 않고 있는데, 그를 대신해서 안토니오가 나섰다.

"물론 네 계산 법으로는 리그에서 18경기가 남았으니까 32.4골로 되었을 거야. 챔피언스 리그 결승까지 올라간다면, 일곱 경기, 그리고 코파 델레이도 결승까지 간다면 다섯 경기. 문제는 두 개가 토너먼트라서 떨어지면 득점 기록도 끝이라는 거지."

"무슨 소리세요? 결승까지 가는 게 아니라, 우승이 목푠데…."

"좋아. 그렇다 할지라도 지금부터 전 경기 출전할 수 있어? 체력적인 것도 고민해야 해. 인간인 이상 뒤로 갈수록 체력은 쳐질 수밖에 없어."

"아뇨. 전 그냥 기계 할래요. 프리메라리가의 득점 기계. 하하하."

반디는 천진난만하게 웃었다.

잔여 경기를 다 출전하지 못할 것은 없다고 생각하면서.

물론 그것을 가능하게 하기 위해서는 체르니에게 계속 자신의 체력이 좋다는 것을 주입시켜야 했다.

"와아, 요즘은 아만다가 임신을 해서 체력이 남아돌아요. 이번 시즌은 끝까지 문제없겠는데요?"

"아만다가 임신을 해서…? 아아, 이 자식, 늙은 감독한테 못 하는 소리가 없구나. 하하하."

"에이, 다 아시면서. 어쨌든, 전 언제라도 경기에 뛸 수 있으니까 일부러 빼지는 마세요. 남은 시즌 전 경기 출전이 제 목표입니다. 킥킥킥."

체르니는 노회한 감독이었다.

지금 자신 앞에서 말하는 반디가 무슨 꿍꿍이속인지 모를 리가 없었다.

"미안하지만, 안 된다. 전 경기 출전은 어림도 없어. 그건 선수 생명을 단축시키라고 나에게 협박하는 것이나 다름없다."

"가… 감독님!"

반디는 울상을 지었다. 자칫하면 자신의 계획이 물거품으로 돌아갈지도 모른다는 생각을 하면서.

하지만 그의 귀에 들려오는 체르니의 목소리에 그는 듣고만 있을 수밖에 없었다.

"AC 밀란을 이끌 때, 선수들의 부상은 지극히 적었지. 왜 그런지 아나? 세계에서 가장 좋은 메디컬 시스템이 클럽에 있었거든. 심지어 그때 선수들은 40대까지 뛰었어. 선수 생명의 연장은 메디컬 시스템에서 나온다는 것을 그 때 알았지."

"……."

"지난여름 너도 알다시피 레알 마드리드는 선수 영입에 큰돈을 전혀 들이지 않았어. 일부러 안 들인 것은 아니지 만, 잉여자금은 바로 세계에서 가장 좋은 메디컬 시스템을 만드는 데 사용이 되었다."

옳은 말이었다. 반디도 알고 있는 사실이었으니까.

이미 완공을 눈앞에 두고 있는 메디컬 센터.

레알 마드리드 선수들의 부상 빈도수를 줄이고 선수 생 명을 길게 늘이는데 일조할 거라는 내부의 기대가 있었다.

"만약, 그곳에서 네가 전 경기를 뛸 수 있다는 진단이 나 온다면… 진행하겠다. 하지만 반대의 경우, 경기 수 조정 이 필요하다면, 네가 한 발자국 물러서야 한다. 고집부리 지 않고."

이 말을 하면서 반디를 진지하게 바라보는 체르니.

그는 사실 안토니오에게 이야기를 들었다.

올 시즌 반디 2011~2012시즌 리오멜이 세웠던 73골을 깨트리려고 목표를 세웠다는 것을.

아무리 그래도 절대 무리하면 안 된다는 생각에 찾아왔 다고 했다.

체르니는 그 말을 듣고 팀 동료들의 유대감을 다시 한 번 확인할 수 있었다.

반면 반디는 이제 현실적인 목표를 세워야 했다.

전 경기 출전보다는 출전한 경기에서 최대한 많은 득점을 넣는 일.

프리메라리가 21라운드는 그래서 중요했다.

하위권을 달리고 있는 데포르티보라지만, 맹수는 토끼를 잡을 때에도 최선을 다한다는 마음가짐으로 뛰었다.

그런데 지독히도 운이 없었다.

전반전에 유효 슈팅이 네 번이나 있었는데, 골포스트를 맞거나 골키퍼의 선방에 걸렸다.

전후반 휴식할 때에 라커룸에서 쉬고 있을 때에도 속으로는 안타까워했다.

웬만하면 조급한 표정을 짓지 않는 반디였는데, 그를 보는 동료들이 애가 탈 지경이었다.

후반전 시작할 때 그의 움직임이 더 빨라진 이유도 득점 욕심 때문이었다.

이렇게 득점 욕심이 생기기 시작하면 이기주의로 흐를 가능성이 있었다.

그럼에도 불구하고 반디는 더 좋은 자리에 동료가 있으면 공을 먼저 내주었다.

오늘 비록 득점을 거두지는 못했지만, 어시스트만 벌써

두 개째.

종료 1분 전에도 그랬다.

자신을 막는 두 명의 수비수 때문에 어쩔 수 없이 공을 씨날두에게 내주었고…

쾅!

씨날두의 득점 본능이 불을 뿜었다.

오랜만에 그는 멀티 득점을 했다. 그리고 그 득점 중 반디의 도움이 두 개.

심판의 종료 휘슬이 울리고 나서 씨날두가 그에게 다가와서 말했다.

"반디야! 고맙다. 하하하."

"에이, 뭘요. 대신 저 오늘 어시스트 해트트릭했습니다."

"알고 있어. 킥킥킥. 저거 봐라."

"네?"

반디가 돌아본 곳.

거대한 LED 전광판에 이렇게 쓰여있었다.

– 에스테반 선수의 스물아홉 번째 어시스트 기록을 축하합니다.

"제가 스물아홉 개나 했어요?"

"그래 인마, 그리고 그거… 리오멜이 73골 넣었을 때 했던 어시스트보다 하나 더 많아. 그러니까 이제….."

"……."

"득점에만 신경 써라. 우리가 도와줄 테니."

씨날두의 말은 시작에 불과했다.

"앞으로 페널티 킥과 프리킥은 반디가 전담하게 된다."

체르니가 회복훈련을 마치고 반디를 보았다.

새로운 키커를 지명하는 일은 쉬운 일이 아니었다.

그동안 이 부분에서 전담 키커로 활약한 이는 씨날두였다.

그가 특별히 부진에 빠지지 않았다면, 당연히 빼앗을 수 없는 자리였는데…

"아니, 원래 뭔가를 오래 하다 보면 질리잖아. 그리고 나에게는 새로운 목표가 생겼거든."

왜 자신에게 양보했느냐는 반디의 질문에 그는 이런 핑계를 댔다.

"뭔데요?"

"어시스트 왕. 원래 내가 더 많았었는데, 최근에 갑자기 늘더니 그 자리를 네가 빼앗아 버렸잖아. 어차피 현실적으로 득점왕은 무리고, 그거라도 양보받으려고 했지. 하하하."

이번에야말로 반디는 감격했다.

하지만 고맙다는 말로는 부족할 것 같아서, 이를 악물고 훈련에 임했다.

"도대체 저 녀석은 연습벌레가 아닌 적이 없다니까…."

"모르는 사람들은 맨날 쟤가 천재래."

반디의 훈련 모습을 지켜보는 친구들.

그들의 말대로 반디는 선천적인 것보다는 후천적으로 만들어진 천재였다.

자신의 부족함을 연습량으로 메우는 독기는 아무도 따라가지 못했다.

그러면서도 미소는 잃지 않았다.

그의 곁에 많은 사람이 머무는 것은 결코 우연이 아니었다.

긍정적인 성격에 모범이 되는 사생활.

그와 어울리기를 원하는 사람들은 훈련이 끝나고 나서도 주변에 몰려들었다.

"야아, 이게 바로 팀워크네요. 안 그래요?"

반디가 넉살 좋게 한마디 하자…

"됐다! 다들 이렇게 남아서 훈련하니까, 도저히 게으름 못 피우겠더라. 난 어쩔 수 없이 남은 거다."

라며 타미가 웃었다.

물론 사실이 아니었다. 그는 치열한 주전 경쟁을 하고 있었다.

그런데 무엇보다도 시돈차가 가장 큰 불평을 쏟아냈다.

"아유, 저 녀석 밉기라도 하면 좋을 텐데, 그러면 대놓고 욕이라도 할 수 있잖아."

"욕만 하겠어? 아마 부상당하라고 기도까지 하지 않을까?"

"헉. 그런 말을?"

안토니오가 그의 말을 받자 찔렸다는 표정이 된 시돈차.

올 시즌 열 경기 남짓 뛰었다.

반디가 부상 한 번도 입지 않고 지금까지 활약한 덕분이었다.

심지어 그는 카스티야에서 올라온 더그와 치열한 주전 경쟁을 하고 있었다.

그런데 반디는 그에게도 미소를 아끼지 않았다.

그래서 더욱 미워할 수 없는 잔인한 존재였다.

그나마 동병상련을 느끼게 된 것은 국가 대표 소집을 마치고 훈련장에서 쓸쓸하게 같이 할 때였다.

레알 마드리드에서 뛰는 이름값은 절대 가볍지 않았다.

대부분 국가 대표에서 한 가닥 하는 선수들로 이루어졌다.

지난해부터 발탁되기 시작한 안토니오와 이번에 바르셀로나 선수들의 거부로 인해 페드로와 마리오도 승선했다.

하지만 반디의 자리는 그 어디에도 없었다.

두 명의 쟁쟁한 포워드가 버티고 있는 한 조금 더 많은 것을 증명해 내야 했다.

국가 대표 경기를 마치고 나서 한 세비야와의 리그 경기는 1-0으로 신승을 거두었다.

반디는 이 경기에서 한 골을 득점했다.

스물세 번째 득점. 나쁘지 않았지만, 뭔가 약간 부족한 득점 행진이었다.

지난 경기에 이어서 이번 경기에도 파블로는 찾아와 그의 움직임을 살폈다.

그래도 나름 헤수스의 충고가 먹혔다.

주의 깊게 보는 선수 중 하나가 반디였으니 말이다.

사실 반디를 보러 왔을 때 페드로와 마리오의 장점을 발견해 버렸다.

그래서 이번에 공백이 된 자리에 그들을 차출한 것이다.

물론 결과는 썩 좋지 않았다.

여론이 좋지 않을 때 헤수스의 충고가 더 귀에 들어왔다.

'단 한 경기… 한 경기만 더 보고 판단하자.'

파블로는 이렇게 결심했다.

그 한 경기를 보고 나서 반디와 만나보겠다고.

그게 바로 맨체스터 시티와의 주중 챔피언스 리그였다.

16강 첫 경기 상대가 맨체스터 시티라는 점.

드디어 레알 마드리드가 임자를 만났다.

반디 역시 마찬가지다.

맨체스터 시티는 전력이 탄탄한 상대였기 때문이다.

더군다나 2016년 이후 프리미어리그 팀들의 약진이 있었다.

지난 2019~2020시즌에도 첼시가 결승까지 올라갔다.

올 시즌은 네 팀이나 16강에 진출했다.

중동 머니로 완벽하게 무장한 맨체스터 시티는 현재 프리미어리그에서 치열한 선두다툼을 하고 있었다.

반디의 기량을 보여주기에 충분한 상대가 될 팀.

그래서 언론과 대중들은 많은 기대를 했다.

반디의 몸 상태는 연일 기사로 쏟아져 나왔다.

여전히 확대 재생산되며 부상이라는 말과 최상의 컨디션이라는 이야기가 검증단계도 거치지 않고 터져 나왔다.

정작 반디는 유럽에서 가장 확실한 컨디션 체크를 받았다.

이 무렵 완공된 메디컬 센터.

경기 하루 전에 출전할 모든 선수의 검진이 이루어졌다.

"신체 모든 기능이 팀 내 최고 수준입니다. 당연히 주중 경기 출전에는 문제가 없습니다."

"정말이요?"

만면의 희색을 띤 반디는 다시 한 번 확인받고 싶었다.

"네, 그렇습니다. 여기 수치로 표시되는 부분 있죠?"

갈색 점이 볼에 박혀 있는 중년의 남자.

이름은 세란테스로, 아르헨티나 국적을 지녔다.

그가 바로 메디컬 센터장이었다.

직접 반디를 맡아서, 그의 체력적인 부분과 부상 위험도를 살폈다.

"이게 바로 부상 위험도입니다. 현재 에스테반 선수는 20% 미만의 부상 위험도를 지니고 있습니다. 이는 클럽에서 최저 수준입니다."

"아, 다행이다. 하하하. 그럼 경기 전에 이렇게 매일 체크받는 건가요?"

"물론입니다. 부상 위험도라는 것은 여러 수치가 결합한 것입니다. 단순히 체력만 보는 것이 아니라, 근력, 젖산 분해 속도, 뼈와 근섬유 등 전반적인 것을 측정해서 나온 수치로서 제가 AC 밀란에 있을 때 배웠죠. 그때는 대체로 맞아떨어졌습니다."

세란테스로를 추천한 것은 바로 체르니였다.

그가 AC 밀란의 부상 위험도를 측정하는 연구소에서 잠시 있었기 때문에 팀에 도움이 된다고 주장하면서.

AC 밀란의 메디컬 시스템은 세계적으로 유명했다.

따라서 세란테스가 부상 선수를 미연에 방지하고 선수 생명을 연장시키는 일선에 투입된 것은 당연한 일이었다.

심지어 그는 반디에게 어떻게 하면 부상 위험도를 낮출지에 대해서도 충고했다.

"매일 훈련한다고 좋은 것은 아닙니다. 기량 상승은 언젠가 이루어질 일이지만, 부상당하면 다시 제로에서 출발하는 것이니까요. 그러니 훈련 전에도 잠시 오셔서 검진을 받으셔도 좋습니다."

"알겠습니다. 앞으로도 잘 부탁합니다."

앞으로 레알 마드리드에 남아야 할 이유 한 가지를 더 발견했다.

그리고 레알 마드리드가 더 강해질 필연성도.

반디는 개인 목표 이외에 요즘 증명하고 싶은 게 하나 있었다.

프리메라리가가 점점 하락세에 접어들었다고 언론이 평가했을 때 생긴 마음이었다.

사실 스페인의 경제 상황이 좋지 않았고, 바르셀로나의 분리 독립으로 인해서 어수선했기에 좋은 기사가 나올 수는 없었다.

지표상으로 볼 때에도 관중 수입은 점점 감소하고 있었다.

그래서 이번 챔피언스리그 16강 전에서 바르셀로나와 레알 마드리드는 정말 잘해야 했는데…

레알 마드리드보다 하루 앞서서 경기를 치른 바르셀로

나가 패했다.

"야, 첼시가 대단하기는 하더라. 휴우, 약해지면 안 되는데, 너에게 별소리를 다 하는구나."

칸테로는 경기에 패하고 저녁에 술 한잔을 했는지, 반디에게 전화하면서 넋두리를 늘어놓았다.

반디도 그 경기를 TV로 치켜보았다.

디에구스타의 해트트릭. 그는 자신이 왜 세계 최정상급 포워드인지를 증명해 냈다.

그리고 스페인 부동의 스트라이커라는 점도.

승부욕이 동한 것은 당연한 일이었다.

더구나 언론이 프리메라리가의 현존하는 문제점을 지적했다.

최고 선수들이 프리미어리그와 분데스리가로 빠져나갔다는 것을 예로 들면서.

포워드 기근이라고 말하는 그들의 기사에서 반디의 활약은 폄하되었다.

호랑이가 없는 곳에 여우가 왕이라며.

요즘은 세리아 A의 포워드들조차 프리메라리가 선수들을 압도한다는 말에 그의 눈에 투지가 불타올랐다.

경기가 시작되기 전까지 그는 미소를 짓지 않았다.

"야, 야. 너무 눈에 힘주지 마라. 부담가지면 안 돼. 우리는 8강까지 가야지."

"하하하. 부담이라니요? 저 이렇게 있으니까 무서워 보이지 않아요? 상대 수비수가 좀 위축되라고 웃지도 않고 있는 건데."

씨날두의 말에 이제야 미소 지으면서 대답하는 반디.

그래도 그가 바라보는 것은 정면. 바로 맨체스터 시티의 골문이었다.

그 골문 앞에서는 세계 최고의 골키퍼가 자리했다.

돈으로 못 할 것 없다는 것을 보여준 사례.

러시아에서 특급 골키퍼가 탄생했고, 제2의 야신이라는 니콜라이가 바로 그였다.

러시아 프리미어리그 최고 골키퍼였는데, 올 시즌에 3천만 파운드로 맨체스터 시티의 골문 앞을 든든히 막고 있었다.

그는 놀라운 기록을 보유했다.

경기당 실점률 0.48. 두 경기에 한 득점을 줄까 말까 한 선방쇼를 펼치는 중이었다.

철벽이라는 말은 그를 지칭했다.

그래서 더더욱 반디의 어깨가 무거워졌지만, 전혀 내색하지 않았다.

아니 내색할 필요도 없었다.

오늘 반드시 득점하겠다는 맹수는 골문을 지키는 세계 최고의 골키퍼를 초식 동물로 보았으니 말이다.

일단 경기가 시작하자마자 중거리 슛으로 예열했다.

덜컥!

강력한 캐논 슛이 직선을 그은 듯, 쭉 뻗어 나가 골문 왼쪽 위 끝으로 향했을 때…

텅!

니콜라이가 정확히 그것을 쳐냈다.

골키퍼는 제2 동작도 나쁘지 않았다.

쳐낸 후 앞으로 튀어 나간 공에 집중력을 잃지 않으며 페드로의 슛을 막아냈다.

"와아, 정말 장난이 아닌데? 올 시즌은 맨체스터 시티가 뭔가 해보려나 봐."

반디의 귀에 씨날두의 목소리가 들렸다.

확실히 골키퍼 자체는 우수한 게 증명이 되었다.

공격진 역시 맨체스터 시티 사상 가장 뛰어난 조합으로 이루어졌다.

기존에 있는 선수들에 지난 시즌 큰돈을 들여 가일을 영입했다.

가일은 레알 마드리드 출신이었다.

씨날두와 라이벌 관계를 형성하다가, 드디어 자신을 최고로 대우해주는 곳에 정착했다.

노련미까지 장착하며 올 시즌을 최고의 해로 만들고 있는 그는 이번 레알 마드리드와의 대전에서 득점을 노렸다.

친정 팀에 비수를 꽂기 원한 것이다.

그런데 질주하는 그의 앞에 반디가 나타났다.

표정에 변화는 없었지만, 가일은 살짝 당황했다.

최전방에 있어야 할 그가 왜 여기에 있는 것일까?

툭!

당연히 공을 빼앗기 위해서였다.

어차피 반디는 오늘 많이 뛸 생각으로 나왔다.

자신의 모든 장점을 보여주기 위해서.

이미 파블로가 귀빈석에 앉아 있는 것도 확인했다.

그에게 증명하고 싶었다. 자신이 최고라는 사실을.

공을 빼앗자마자 질주하는 것만 봐도 의지를 느낄 수 있었다.

지금 이 순간 반디는 세계에서 가장 빠른 드리블러였다.

득점만 잘하는 것이 아니라는 점.

어느 곳에서도 그의 흔적을 남길 수 있다는 것에서 그는 다른 선수와 비교를 거부했다.

마지막 결정력에서는 더더욱!

페널티 에어리어까지 가면서 두 명을 제치고 나서 때리는 슛으로 그것을 증명했다.

쉬이이이익!

공이 가는 소리가 골키퍼, 니콜라이의 귀에 들리는 것 같았다.

몸을 날렸다. 순간적인 반사 신경.

뇌에서 방향을 전달하기도 전에 이미 몸을 움직이며 솟구쳤다.

신체 기관 각각이 따로따로 자신의 역할을 알아서 하는 것 같았다.

절대 공을 놓치지 않는 시선. 쭉 뻗은 팔에 활짝 편 손가락.

누가 봐도 이번 것은 그가 손으로 쳐낼 것 같았다.

그 예상이 맞았다.

텅! 일단 손에 맞춘 뒤에… 다시 텅! 하며 골대를 맞고 공이 튕겨 나갔다.

반사적으로 공을 향해 달려가는 반디는 속으로 놀랐다.

바닥에 쓰러지자마자 다시 일어나는 니콜라이가 대단해 보였다.

공을 가슴으로 부둥켜안은 그의 모습.

반디의 얼굴에 처음으로 자신감이 아닌 다른 표정이 새어 나왔다.

입술을 깨물었다. 유난히 하얀 이빨이 사람들의 시선을 사로잡았다.

"괜찮아! 네가 못 한 게 아니다. 저 골키퍼가 정말 대단하네, 대단해."

타미가 와서 반디의 등을 두드렸다.

"그러게요. 이제부터 더 생각하고 슛해야 할 것 같아요."

"아니…, 그럴 필요 없어. 네 몸이 시키는 대로 쏴. 못 넣어도 좋으니까."

여전히 미소를 잃지 않은 모습으로 타미가 반디에게 충고했다. 그리고 한 마디 더…

"알고 있지? 너 지금 웃지 않고 있어. 네가 가장 잘할 때 짓는 그 매력적인 미소를 꼭 보여줘. 쟤는 지금 웃고 있잖아."

타미가 말한 쟤를 반디가 보았다.

골키퍼는 정말 자신을 보고 웃고 있었다.

반디는 잠시 어떤 표정을 지을까 고민하다가, 역시 마주 미소를 지었다.

상대가 의외라는 얼굴을 보였다.

"어때요? 제 미소. 쟤보다 훨씬 낫죠?"

들어오면서 타미에게 묻자,

"화난 웃음."

이라고 함축적으로 말해주었다.

정확히 말하면 짜증이 서린 미소였다.

억지로 만들어내니 그런 표정이 지어질 수밖에 없었다.

반디 본인도 알고 있었다.

하지만 오늘 두 골을 순식간에 막아낸 상대 골키퍼가 얄미워 죽겠다.

그래도 타미의 말을 실천하는 반디.

틈나는 대로 슈팅을 했다.

완벽한 기회가 오지는 않았지만, 오늘은 그가 '난사'라는 별명을 가져가야 했다.

다행히도 이렇게 공격진에서 득점이 나오지 않았을 때, 베른하르트 역시 상대의 슈팅을 잘 막아내고 있었다.

가일은 초반에 주춤하더니 여전히 발에 모터를 달고 뛰어다녔다.

결정적인 장면은 없었지만, 충분히 위협적이었다.

오늘 공격진에서 반디와 그의 라이벌 구도를 조명하는 언론의 기사가 괜히 나온 게 아니었다.

하나 더 추가하자면, 골키퍼들의 선방쇼였다.

전반전이 끝날 때까지 이들은 여러 차례의 슈퍼 세이브로 팀을 수렁에서 구해내고 있었다.

"미치겠네요. 오늘 제가 못한 거 아니죠?"

라커룸으로 들어갈 때 안토니오에게 자신의 활약을 물어본 반디.

안토니오는 어깨를 으쓱거렸다.

오죽 답답했으면 이렇게 확인까지 할까?

"내가 알기로 경기당 평균 선방 횟수가 2.8회야."

"그래요? 벌써 세 차례나 막아냈는데요? 평균 이상을 했네요."

"그게 아니라… 베른하르트가. 두 번 막았으니, 다음에 아니면 다다음에 한 골을 먹을지도 몰라."

가끔 데이터를 너무 신봉하는 안토니오.

반디는 질렸다는 표정을 지었다.

아무리 그가 분석 왕이라고는 하지만, 축구는 데이터대로 움직이는 스포츠가 아니라는 생각을 했다.

그래도 혹시나 하고 상대 골키퍼에 대해서 물었다.

"3.1회."

"흠… 그럼 두 번 정도 더 슈팅하면 되겠네요."

"그… 그렇지."

"어? 이번에는 표정이 왜 그러세요?"

안토니오의 얼굴에 그려진 표정이 떨떠름해서 반디는 다시 한 번 확인했다.

"그게 평균이고, 원정이 또 달라."

"잉? 원정은 더 높다는 말씀이세요?"

"뭐 약간 높긴 한데… 3.4회. 그만큼 점수를 주지 않는다는 뜻이야."

"그렇군요…."

선방이 3.4회면 기록적인 숫자였다.

한 경기에 유효슈팅을 주는 횟수가 5회 미만인 상황에서 강팀들과 맞대결에서 대부분을 막아낸다는 의미였다.

올 시즌 맨체스터 시티가 해볼 만하다는 소리를 듣는 게 바로 이 선방 때문이었다.

유럽축구 협회의 재정 간섭에도 불구하고 가일을 영입한 맨체스터 시티는 수비수를 정리했다.

골키퍼를 믿고 말이다.

그래도 반디는 자신의 느낌을 믿었다.

확률을 신봉하는 안토니오였지만, 후반전에는 해법이 있을 것만 같았다.

시작하자마자 미소를 짓는 얼굴에 계획이 보였다.

아직 드러나지 않았다. 그런데 2분 후에 그는 상대 진영 중앙까지 내달렸다. 그것도 공을 지닌 채.

요즘 반디의 드리블은 나쁘지 않았다.

아니 꽤 좋았다. 씨날두와 페드로가 인정할 정도로.

드리블할 때 큰 키에 좁은 보폭을 사용했다.

이것은 동양인이기 때문에 짧은 다리 길이의 약점을 극복하기 위해서였다.

리오멜의 향기가 나는 것도 그 이유 때문이다.

어느 순간에는 씨날두의 움직임도 보였다.

하지만 자세히 보면 그 둘의 모습이 전혀 보이지 않았다.

그래서 프리메라리가의 새로운 드리블 유형이라는 이름이 붙여지기도 했다. 물론 에스테반 표.

다행히 맨체스터 시티의 수비는 촘촘하지 않았다.

기회를 만드는 데 그리 어렵지 않다고 느껴진 이유였다.

극복해야 할 것은 이제 상대 골키퍼, 니콜라이.

그는 기가 막히게 반디가 때릴 곳을 알았다.

하지만 최종 수비수를 제치고 들어간다면?

"아무리 엄청난 골키퍼라도 일대일 상황에서는 어쩔 수 없으리라고 생각한 건가?"

"그것이 저 녀석의 계획입니다!"

체르니의 말에 빠르게 대답한 아구스틴.

눈은 쉴새 없이 필드를 지켜보았다.

생각보다 더 허술한 수비수들을 벗겨 내고 일대일로 마주하는 것.

하지만 그게 한계가 있다는 것을 금세 느꼈다.

중앙 미드필더들이 보조하더니, 가일까지 달려 들어와서 그의 드리블을 차단했다.

마치 아까 당했던 분풀이를 하려는 듯.

무려 세 명이 그를 둘러쌌을 때, 이제 공을 빼앗길 수밖에 없어 보였다.

그러나 그건 오산이었다.

반디가 욕심 많은 스트라이커였다면 이런 드리블을 시도하지도 않았다.

촤악!

빨랫줄 같은 그의 패스가 옆으로 나아갔다.

그곳에 있던 페드로가 무인지경으로 드리블을 시작하고…

"여기야! 여기!"

"나도 있다!"

우측면에서 들어가는 씨날두와 반디의 뒤에서 따라가다가 전면에 나선 타미까지 손을 들었다.

골키퍼로서는 어디를 선택해야 할지 모르는 상황에서, 일단 페드로의 전진하는 각도를 줄였다.

수비를 믿는 행동이었다.

그러나…

툭. 하고 페드로의 발에서 나간 공은 타미의 발에 맞으며 골문을 향해 들어갔다.

"못 막아, 이건….”

선방왕이 아니라, 그 할아버지가 와도 절대 막을 수 없었다.

페드로는 그렇게 생각하며 자신도 모르게 혼잣말까지 했다.

그런데 이것조차 골키퍼의 발에 걸렸다.

마치 체조 선수처럼 패스 방향을 예측하고 뻗은 발에 공이 걸려 앞으로 굴러갔다.

당연히 패스는 이어지지 않았다.

"우와아 저 골키퍼… 정말 대단하네요, 정말로….”

오늘 선발로 출전하지 못한 빅토르는 손에 땀을 쥐고 있었다.

그 역시 자신의 죽마고우처럼 혼잣말하듯이 상대 골키퍼를 칭찬했다.

물론 코치진은 그의 말을 듣지 못했다.

들을 새가 없었다. 공은 굴러가서 중앙에 있는 격전지로 흘렀고, 그 속에 나단이 있었다.

상대편 수비형 미드필더와 함께 달리는 그의 속도.

나쁘지는 않았지만, 거의 비슷하게 공에 도착했다.

"제발… 제발!"

벤치에서는 아구스틴이 소리를 질렀고, 다행히 나단이 먼저 공을 처리했다.

일단 그 자리에서 때린 것은 강력한 중거리 슛!

쭉 뻗어 나간 그 공은 황급히 들어간 골키퍼가 절대 막을 수 없었다.

그런데 행운의 여신이 오늘 맨체스터 시티 편에서 날갯짓하려는지, 이마저도 골포스트에 맞고 나가버렸다.

"우아아아… 이건 정말 답이 없다."

"아냐, 그래도 네 덕분에 해답을 알아냈어."

반디가 머리를 잡고 외치자 나단이 그의 등을 툭 치며 말했다.

"자, 다시 해보자. 될 때까지."

"좋아. 일단 저건 선방인지 애매하지만, 네 번 슈팅을 막아낸 것으로 보고…."

반디는 그의 격려에 눈빛을 보내며 희망을 품었다.

평균 선방 횟수를 넘어섰다는 표현이다.

물론 슈팅이 아닌 패스를 차단한 것에 그 횟수를 포함시켜야 할지는 애매했다.

하지만 자기 좋을 대로 해석하는 게 인간이었다.

반디 역시 자신에게 유리하도록 해석하며 최면을 걸었다.

그래야 자신감을 느끼고 기회를 만들어낼 수 있었다.

그 때문인지 기회는 다시 왔다.

재차 뚫고 들어가는 반디.

그를 막는 수비수들이 어정쩡하게 서 있었다.

다시 패스할지도 모른다는 불안감을 역이용한 것이다.

맨체스터 시티의 수비진이 이렇게까지 정신 못 차릴 줄 몰랐던 감독은 소리를 질러댔다.

"뭐하는 거야! 도대체 너희가 수비수 맞아?"

하지만 이미 늦은 외침이었다.

반디는 이번에 패스하지 않고 앞으로 돌진했다.

그를 막는 수비수가 애매하게 거리를 둔 사이에 치고 들어간 것이다.

오늘 맨체스터의 수비진은 자동문이라는 별명을 얻어야 했다.

파괴자가 강력해서인지, 그들이 약해서인지 모르지만, 평점이 좋지 않을 거라는 확신은 그들조차 직감했다.

아무래도 상관없었다.

반디가 상대 걱정까지 해줄 필요는 없었으니까.

골키퍼의 눈을 정면으로 바라보며 페널티 에어리어에 입성한 반디.

이미 니콜라이는 앞으로 나와 있었다.

그 위치가 절묘해서 어떤 곳으로 슛해도 막을 것 같았다.

하지만 반디는 망설이지 않았다.

로빙슛 따위는 하지도 않았다.

자신의 힘을 믿고 강하게 쏜 슈팅!

툭…

역시나 골키퍼의 손에 걸리고 말았다.

그런데 이번에는 반디가 미소를 지었다.

골키퍼도 그의 미소를 보고 잘못된 것을 깨달았다.

공이 굴러가는 그곳에 다시 페드로가 있었다.

완전히 사각 지역이었던 그곳에서 골키퍼가 각도를 줄일 때쯤, 페드로는 공을 타미에게 넘겼다.

키를 넘기는 패스였다.

그래서 타미의 머리에 아주 알맞게 닿을 수 있었다.

이것마저 실책을 범하면 완전히 역전이 된다는 긴장감.

그래서 그런지 조심스럽기 이를 데 없었다.

툭…

그의 머리에 공이 닿았다.

헤딩한 것이 아니라, 공이 와서 닿은 느낌이었다.

바닥으로 떨어진 공. 통… 한 번 튕겼을 때 니콜라이가 뒤를 향해 돌진했다.

정말 놀라운 반사 신경이었다.

반디의 눈이 커질 정도였다.

"제발 들어가라… 제발!"

자신도 모르게 반디는 소리 질렀다.

혹시나 모를 기회 때문에 골문으로 달려가면서.

그리고 골키퍼의 손이 공에 닿을 무렵…

많은 선수가 골문으로 모여들었다.

마지막으로 뻗은 니콜라이의 손에 공이 닿았다.

"안 돼!"

라고 반디는 부르짖었다.

그 외침 때문인지 모르겠지만,

출렁!

공은 니콜라이의 손에 맞고 골문 안쪽 옆 그물로 튕겨져 나가며 레알 마드리드의 첫 선취득점을 선사했다.

결국, 먼저 득점하는 레알 마드리드.

타미가 페드로에게 달려갔다.

"이 자식! 이 자식!"

오랜만에 골 맛을 보는 기분 좋은 느낌.

반디도 곧 합류했다.

다른 동료들도 한데 뭉쳐 늦은 선취 득점에 신이나 발을 구르고 있었다.

"확실히 다르군요. 확실히 다른 유형의 스트라이커입니다."

파블로가 이 장면을 지켜보면서 말했다.

그의 옆에는 헤수스가 앉아 있었다.

오늘 같은 날 경기 관전은 당연한 일이었다.

"더 지켜보세요. 놀라운 일을 해낼 것입니다."

이제야 파블로가 반디의 기량을 인정하는듯한 말을 입에서 내뱉자 헤수스는 손자를 바라보는 할아버지의 미소를 지었다.

이상하게 반디에게는 더 애정이 갔다.

"득점이나 어시스트 이런 능력만 보시면 안 됩니다. 선수를 한데 모으는 능력. 그것은 아무한테나 존재하는 게 아니죠."

마지막 헤수스의 말에 파블로는 고개를 끄덕였다.

동의하는 표정이었다.

'그래도… 계속 봐야겠다. 차별점을 더 찾으려면….'

그렇다. 그는 비교하고 있었다. 그것도 끊임없이 디에구스타와 카브레로를 반디의 자리에 놓아보았다.

그들이 펼치는 플레이가 그려졌다.

매우 다른 그림이었다. 그만큼 반디의 플레이는 독특했다.

한편 타미는 돌아가면서 반디의 엉덩이를 두드려주면서 이렇게 말했다.

"그래도 골잡이는 골로 말해야지. 지금 것은 완전히 네가 만든 기회였는데… 저기 너희 나라 감독의 눈에는 차지 않을 수도 있어. 그러니까 앞으로…."

"아뇨. 팀의 승리가 우선이에요. 잠시 제가 망각했습니다."

"……"

반디는 이런 말을 잘도 미소 지으면서 하고 있었다.

매번 말문이 막히게 하면서.

"그렇지? 팀의 승리가 우선이지. 맞아. 당연한 거야. 너무 욕심내다가는 오히려 그게 다른 스트라이커와 차별점이 생기지 않아 보여서 너를 선뜻 발탁하지 못할 수도 있어."

"뭐 그렇다고 골 욕심이 없다는 뜻은 아닙니다. 하하하."

"이게… 어느 장단에 맞춰야 할지 모르겠군. 항상 그렇지만 너라는 캐릭터는…."

말을 길게 할 수는 없었다.

드디어 맨체스터 시티의 빠른 파상 공세가 시작되려 했기 때문에.

중앙에 공이 가일에게 전달되었고 이어지는 폭풍 드리블.

타미가 붙었지만, 빼앗아 내지는 못했다.

대각선을 그으며 중앙으로 들어오는 가일의 현재 모습.

확실히 세계 최고의 윙 포워드라고 불릴만한 위용이었다.

그의 전성기는 아직 끝나지 않았다.

촤아아악!

자신을 향한 태클을 벗겨 내는 것만 봐도 잘 알 수 있었다.

그리고 페널티 에어리어에 들어가서도 마찬가지.

갑작스러운 그의 불같은 속도에 세르비아 출신 수비수, 시르보치가 균형을 잃었다.

타이밍이 오면 망설이지 않는 점도 대단했다.

쾅!

불이 붙은 듯 날아가는 슈팅에 베른하르트가 몸을 날렸다.

방향을 잘 잡았다.

텅!

손에 맞은 그 공은 옆 기둥을 향했다.

모두의 시선이 주목되는 그때 기둥을 맞고 나오는 공을 안토니오가 간신히 처리했다.

"정신 똑바로 차려! 뭐 하는 거야?"

모처럼 안토니오가 선수들을 향해 소리를 질렀다.

다행히 실점은 없었지만, 순간적으로 첫 득점에 대한 방심이 선수들의 가슴속에 자리 잡았다는 것.

그 부정할 수 없는 사실에 선수들은 부끄러웠는지 재빨리 상대 진영으로 뛰어갔다.

"좀 더 타이트하게 붙어! 좀 더!"

이번에는 씨날두였다.

그리고 이 말은 자신에게 외치는 이야기이기도 했다.

반디는 오늘 씨날두의 움직임이 현저하게 둔화되었다는 것을 느꼈다.

이제 정말 은퇴할 때가 되어서?

그보다는 가일과 맞상대했기 때문일 것이다.

씨날두는 최근 반디에게 많은 이야기를 했다.

그중에는 후회와 반성도 있었다.

레전드라는 말은 '완벽' 하다는 말과 동의어가 아니었다.

과거에 자신이 얼마나 이기적이었는지는 모든 기록과 영상이 말해주었다.

가일은 그 희생자였다. 팀의 중심이 씨날두에게서 그로 옮겨 갔을 때…

씨날두는 여전히 최고였기에 양보하기 싫었다.

그것이 살짝 불화를 낳았다.

더군다나 팬들의 비난이 가일에게 쏟아질 때에도 씨날두는 그를 격려하지 않았다.

당연히 가일 입장에서는 팀을 옮기고 싶었다.

레알 마드리드의 두 번째보다는 맨체스터 시티의 첫 번째를 선택했다.

원래 맞은 놈보다는 때린 놈이 잠을 잘 못 잔다는 말이 있었다.

지금 씨날두가 그랬다.

"보여주세요! 타이트하게 붙는 게 어떤 것인지!"

그래서 씨날두에게 큰소리로 외치는 반디.

자신에게 외친 바를 적극적으로 수행하라고 말했다.

씨날두의 눈빛이 반디를 보았다.

그다음에는 공이 오는 것이 보였다.

또 하나…

가일이 자신을 향해 달려왔다.

전반전부터 지금까지, 씨날두는 그가 올 때 직접적인 충돌을 피했다.

받으면 원터치 패스. 웬만하면 공을 소유하지 않았다.

그런데 이번에는 달랐다. 빼앗기더라도 상관없다는 그 태도로 가일을 맞이해서 드리블을 시작했다.

가일은 원래 풀백의 자리에서 윙 포워드로 포지션 변경을 한 선수.

맘먹고 수비하면 드리블쯤은 저지 못 할 리가 없었다.

이렇게 전대 최고의 드리블러와 당대 최고의 드리블러가 맞섰다.

반디는 옆에서 계속해서 부르짖었다.

"할 수 있어요! 당신은 할 수 있어요! 제가 옆에 있어요!"

보조를 맞추면서 달리는 반디!

원한다면 패스해도 좋다는 말이었다.

그러나 마음속으로는 그냥 뚫기를 바랐다.

그리고 그 염원은 실현되었다.

가일의 가랑이 사이로 공을 넣은 씨날두가 옆선을 타기 시작했다.

"……!"

공도 사람도 놓쳤다.

믿을 수 없다는 표정으로 씨날두의 뒤를 쫓는 가일.

자존심이 상했다는 듯이 뒤에서 가속도를 내며 추격했다.

맨체스터 시티 진영의 풀백 또한 씨날두를 향했다.

양쪽에서 샌드위치가 되었으므로 풀어낼 수 없을 것이다.

가일의 생각은 반만 맞았다.

풀어낼 수 없었기에 씨날두는 반디에게 패스했다.

바통을 받은 레알 마드리드의 신개념 스트라이커.

그는 드리블을 선택하지 않았다.

들어오는 나단에게 한 번 넘겨준 뒤 페널티 에어리어로 들어갔다.

아예 가일은 수비하기로 작정한 듯이 공을 쫓다가 반디에게 붙었고, 나단이 두 번 정도 공을 친 후 반디에게 넘기자 슬라이딩으로 공을 쳐 냈다.

아니 쳐 내려고 했다.

하지만 그의 발을 맞고 꺾여 버린 공의 방향.

아무리 엄청난 골키퍼라도 내부의 적이 생기면 막을 수 없는 것은 당연한 일이었다.

더군다나 페널티 에어리어로 들어온 반디에 온 신경을 다 쓰고 있었다.

따라서 급하게 꺾인 방향으로 들어가는 공을 몸과 눈과 손이 추적했지만, 결국 또 한 골을 헌납하고 말았다.

"와아아아아!"

관중들이 모두 일어섰다.

금발 머리의 두 선수가 다시 부둥켜안았고, 씨날두와 타미까지 합류하며 기쁨을 나누었다.

반디는 이들을 두고 관중석 앞으로 나아가 부르짖었다.

"프리메라리가! 프리메라리가!"

그의 입에서 나온 것은 레알 마드리드가 아닌 프리메라리가였다.

언론이 휘갈겨 쓴 것을 완전히 부정해달라는 뜻이었다.

관중들은 그의 신호에 당연히 화답했다.

"프리메라리가! 프리메라리가! 프리메라리가!"

어떤 관중은 비속어로 다른 나라의 리그를 욕하기도 했다.

"꺼져! 프리미어리그! 이기자! 분데스리가!"

선수들과 관중들이 함께 동화되었다.

그 밑에 실망한 얼굴의 가일이 있었고.

오늘 컨디션이 나쁘지는 않았지만, 과욕이 화를 부른 상황이었다.

그리고 끝내 맨체스터 시티는 분위기 전환을 하지 못하면서 경기를 마무리 지었다.

경기가 끝나고 맨체스터 시티의 감독은 2차전에서 복수하겠다는 말을 했다.

하지만 왠지 모르게 두려워하는 눈빛을 보였다.

사실 그럴만했다. 2-0. 완패였다.

점수차이를 극복하기에는 홈 어드밴티지밖에 없었는데, 맨체스터로 상대를 불러들여도 이길 것 같지가 않았다.

1차전의 중요성이 바로 여기에 있었다.

강팀이 아니라면 모르겠지만, 오늘 맨체스터 시티를 레알 마드리드가 이김으로써 단숨에 우승 경쟁에 뛰어들 것이다.

옛말에 사기가 오른 병력은 절대 이기기 힘들다는 말이 있었다.

실제로 2차전에서 레알 마드리드와 맨체스터 시티는 1-1로 비겼다.

다시 프리메라리가의 비상을 보여주는 듯했으나, 안타깝게도 다른 한 축인 바르셀로나는 16강에서 탈락했다.

지난 시즌 레알 마드리드가 16강에서 탈락하더니, 이번에는 바르셀로나의 차례였다.

프리메라리가의 부활을 알리기 위해서 레알 마드리드의 어깨가 더 무거워졌다.

사실 8강전부터는 매 경기가 결승전이나 다름없었다.

상대로 정해질 팀의 면면도 대단했다.

최근 세계 최고의 리그로 인정받고 있는 분데스리가에서 세 팀이 나왔다.

바이에른 뮌헨, 레버쿠젠 그리고 올덴부르크.

지난 시즌 디펜딩 챔피언인 올덴부르크는 올 시즌 감독이 빠졌음에도 불구하고 승승장구였다.

물론 분데스리가에서는 바이에른 뮌헨이 선두를 달리고 있었다.

전통의 명문. 그 힘은 어디 가지 않았다.

프리미어리그에서도 두 팀이 올라갔다.

첼시와 맨체스터 유나이티드.

어느 하나 쉬운 팀이 없었다.

그 밖에 세리에 A의 유벤투스, 리그 앙의 올림피크 리옹이 한 자리를 차지했다.

추첨하는 날 반디는 집에서 친구들과 모였다.

"누구랑 붙었으면 좋겠어?"

"글쎄다… 쉽게 가고 싶은데."

페드로가 물었을 때, 마리오가 하는 대답.

빅토르 역시 고개를 끄덕이면서 동의를 표현했다.

"쉬운 팀이 어디 있어? 다들 만만치 않은데."

"그런가? 그래도 올림피크 리옹이 제일 만만해 보이는데…, 반디 넌 어때?"

이번에는 반디에게 의견을 물어보는 이들.

궁금했다. 그리고 기대되었다. 늘 자신감 넘치는 반디는 좀 더 강한 팀과 맞붙기를 바랄 수 있었다.

"아무나 상관없어. 우리가 이길 테니까. 하하하."

역시나 그들의 예상이 맞았다.

"야, 저 녀석 진짜 인터뷰 시키면 안 되겠다."

"그러게, 저런 말 했다가는 8강전에서 맞붙는 팀들이 죽자고 덤벼들 것 같아."

"말해 뭐해? 감독님이 끌고 가도 우리가 말려야지."

저마다 한마디씩 하는 것을 보며 반디는 미소 지었다.

그런 가운데 추첨이 시작되었다.

"엇, 올덴부르크와 첼시가 붙네. 지난 시즌 결승에서 맞붙었던 팀이잖아?"

"재미있겠는데?"

그들의 말대로 이 두 팀은 지난 시즌 결승 무대에서 타이틀을 다투던 팀이었다.

결과는 올덴부르크의 승리.

모두의 예상을 깼었던 결과라서 감독인 박정은 단숨에 영웅이 되었다.

다음은 올림피크 리옹이 포트에서 나왔다.

상대 팀을 추첨하려는 순간에…

"제발, 제발…."

아까 올림피크 리옹이랑 맞붙고 싶어 했던 빅토르가 손을 모았다.

하지만 그의 기원은 이루어지지 않았다.

상대 팀은 맨체스터 유나이티드.

"젠장, 점점 불길해지는데… 이제 만만한 팀이 없네."

남은 뮌헨과 레버쿠젠, 그리고 유벤투스는 강팀이었다.

"그래도 뮌헨이랑은 안 했으면 좋겠다. 올 시즌 장난이 아니던데…."

이번 포트에서 바이에른 뮌헨이 나오자 마리오가 말했다.

그리고 그 상대가 레알 마드리드로 결정되었을 때, 그의 얼굴은 흙빛으로 변했다.

결국, 8강전은 바이에른 뮌헨과 붙게 되었다.

"휴우, 열심히 연습해야겠다."

"아마 내일부터 동영상 질리게 볼 것 같은데…."

"이번 시즌 돈 많이 투자했던데. 거의 세계 최고 선수들만 영입했더라고."

이들의 입에서 앓는 소리가 나왔다.

물론 반디는 아무 말 하지 않았다.

새로운 도전을 즐기는 그의 입장에서는 아주 적당한 상대라고 생각했기에.

그런데 또 다른 새로운 도전이 찾아오는 것일까?

다음날 반디의 집에 손님이 찾아왔고 반디는 놀라지 않을 수 없었다.

드디어 스페인 국가 대표 감독, 파블로가 그를 만나러 온 것이다.

퍼스트
터치
FIRST TOUCH

Chapter 67

파블로는 녹색 눈동자에 백발을 가진 노감독이었다.

헤수스보다 약간 어렸지만, 스페인 축구계에 혁혁한 공로를 세웠다.

그렇지만 최근 비난 여론에 직면했다.

역시 성적 때문이었는데, 유로 2020의 16강에서 패배하고 나서 경질설에 휘말렸다.

스페인 축구협회의 특징은 어떤 일이 있더라도 끝까지 믿어주고 계약기간까지 가는 게 장점.

2022년 월드컵까지 파블로가 계약이 되어 있었으니, 여전히 신뢰한다는 입장을 밝혔다.

문제는 대표팀을 둘러싼 최근 상황이 복잡하게 진행되

고 있다는 점이다.

카탈루냐 출신의 선수들이 이탈했다.

바르셀로나의 분리독립과 더불어서 일어난 일이다.

그들을 설득하는 데 협회와 지인들이 나서고 있지만, 쉬운 일이 아니었다.

유럽의 통일 국가는 이 점이 항상 문제였다.

특히, 스페인은 카스티야와 카탈루냐의 양대 라이벌 종족이 늘 다투고 있었다.

축구로 들어가면 더 그게 심화하여 엘 클라시코는 마치 전쟁처럼 치러졌다.

파블로는 카스티야 출신도 카탈루냐 태생도 아니었다.

그래서 항상 객관성을 유지하려고 노력했다.

그러나 바르셀로나 출신 선수들이 빠져나간 공백은 정말 메우기가 쉽지 않았다.

급하게 다른 선수들로 대체하여 월드컵 예선을 치르고 있지만, 썩 성적은 좋지 않았다.

이것이 반디를 찾아온 이유였다.

"집이 꽤 넓군."

"가족도 많이 삽니다. 부모님도 제 아내도, 그리고 한국에서 친어머님도 와 계십니다."

레알 마드리드에서는 반디를 위해 그가 원하는 규모의 집을 제공했다.

현재도 재계약 이야기가 계속 나오고 있는데, 집과 차 말고도 초상권에 대한 협상을 홀리안과 진행하고 있었다.

　반디는 계약 문제는 에이전트에게 모두 맡겼다.

　그가 바라보는 것은 오직 축구와 이번 시즌 자신의 목표였으니.

　그런 그에게 가족은 훌륭한 버팀목이 되어주고 있었다.

　"그 이야기는 들었네. 얼마 전에 친모를 찾았다는. 늦었지만, 축하하네."

　"감사합니다."

　반디의 어머니, 민선에 대한 이야기는 스페인에서도 관심사였다.

　사실 그의 양어머니 벨라 역시 마찬가지다.

　그녀는 바르셀로나 출신으로 카탈루냐의 핏줄이었다.

　따라서 루에카와 같은 기자들은 늘 그가 스페인 국가 대표를 선택하지 않을 것이라고 기사를 썼다.

　물론 그에 반발하는 기사도 많았다.

　자꾸 반디를 괴롭히는 기사가 양산된다면, 결국 반디는 스페인이 아닌 다른 나라를 선택할지도 모른다고 주장하면서.

　아무튼, 반디는 자신을 찾아온 파블로가 이런 신변잡기를 이야기하러 온 것은 아니라고 생각했다.

반디의 성격은 직설적이다. 결코, 숨기거나 꾸밈이 없었
다.

그래서 눈빛을 빛내며 물었다.

"대표팀에 제가 필요한 겁니까?"

파블로는 살짝 놀랐다. 물론 반디가 찾아온 목적을 모를
거라는 생각은 하지 않았다.

하지만 이렇게 다이렉트로 물을 줄은 상상도 하지 못했
다.

이렇게 되면서 대화의 주도권을 반디에게 넘겨줄 수밖
에 없었다.

"맞아. 자네가 필요해."

그 말을 듣고 반디는 미소를 지었다.

드디어 때가 왔다고 생각했다.

물론 스페인 대표팀의 유니폼을 입는 것이 궁극적인 목
표는 아니었다.

축구 선수로서 최고가 되는 것이 국가대표에서 활약하
는 것이라고 볼 수는 없었기에.

그러나 이왕이면 다홍치마였다.

특히, 붉은 유니폼을 입고 결승전에서 뛰는 모습이 갑자
기 상상 되는 것은 어쩔 수 없는 일이었다.

"기분이 좋네요. 감독님께 그런 제안을 듣게 되어서. 그
런데 포워드에 자리가 있나요? 제가 알기로 디에구스타와

카브레로에게 부상이 있다는 소식은 듣지 못했는데요."

부상은 둘째 치고 그들 역시 올 시즌 전성기 이상의 활약을 했다.

리그 특성상, 득점 수의 단순 비교는 쉽지 않았다.

프리메라리가는 늘 그렇지만 기술과 패스를 중요시하는 리그.

심판이 선수를 보호하기 위해서 꽤 거친 경기는 이루어지지 않는다.

포워드의 득점이 많이 이루어지는 이유가 바로 그것 때문이다.

그런데 상대적으로 거친 세리에 A와 프리미어리그의 카브레로와 디에구스타는 올 시즌 현재 반디보다 득점이 더 많았다.

그래서 반디가 의문을 표시했다.

그들 이외에 대표팀에 또 다른 포워드의 자리가 있는지에 대해.

"그렇지… 포워드의 자리는 다 찼지. 험, 험. 그래서 말인데…."

반디는 파블로가 말끝을 흐리자 불길한 예감이 들었다.

"현대 축구에서는 포워드의 역할이 점차 줄어들고 있네. 자네도 알다시피, 리오멜이나 씨날두도 완벽한 포워드가 아니네. 투 톱을 지향하는 국가는 많이 사라졌고, 원톱, 나아가서는 제로톱으로도 메이저 대회에서 우승하고 있어."

파블로의 설명이 이어질수록 반디의 얼굴이 점점 굳어졌다.

결국, 자신을 포워드가 아닌 다른 자리로 발탁한다는 이야기였다.

"자네가 뛴 지난 경기를 지켜보았네. 현재 대표팀에서 골 넣는 선수는 있어도, 제대로 공을 배급하는 선수가 부족하네. 플레이메이커는 당연히 없고, 상대 진영에서 키패스를 찔러주는…."

"그러니까, 지금 포워드가 아닌 미드필더로 뛰어달라는 말씀이신가요?"

아까부터 굳은 표정이었다.

이제는 말투도 달라졌다. 늘 미소만 짓던 입술에서는 경직된 음성이 흘러나왔다.

파블로는 당황했다. 처음부터 대화의 주도권이 넘어간 상태에서 진행한 이야기였다.

그래서 돌고 돌아 간접적으로 전달하려고 애썼다.

기분 나쁘지 않도록 하는 게 그의 몫이라고 생각했다.

"그게…, 꼭 그렇게만 생각하지 말게."

"그럼 포워드인가요? 말씀 정확하게 해주십시오. 전 애매한 것은 싫습니다."

"그…."

점점 말을 하기가 쉽지 않아졌다.

반디는 문전에서 적극성만큼이나 대화할 때도 마찬가지였다.

주도권을 쥐고 하고 싶은 말을 다 하는 스타일.

그래서 파블로의 등에 땀이 차기 시작했다.

선수의 반발은 약간 각오한 상황에서 찾아왔다.

잘 설득할 자신이 있다고 생각했는데, 오산이었다.

생각보다 더 포워드 자리에 미련이 있어 보였다.

하지만 그 자리에 있는 두 선수 역시 뛰어난데다가, 국제 경기 경험이 반디보다 나았다.

당장은 반디를 포워드로 선발할 수 없었다.

원칙이 무너지기 시작하면, 현재 기강이 흐트러지고 있는 대표팀에 자신의 말이 먹히지 않게 된다.

그래서 다시 큰 맘 먹고 반디를 설득하기 시작했다.

"나도 자네의 문전에서의 능력은 감탄하고 있어. 하지만 대표팀에서는 미드필드에 큰 구멍이 생겼어. 자네의 몇 경기를 지켜보았는데, 공격형 미드필더 쪽에서 크게 활약할 수 있을 것 같아. 그래서…."

"거절하겠습니다."

반디는 깨끗이 그의 말을 잘랐다.

"그렇게까지 해서 대표팀에 들어가고 싶은 생각은 전혀 없습니다."

"에스테반, 신중히 생각하게. 포워드로 설 기회는 항상 열려 있어. 대표팀에 발을 한 번 들여놓게 되면 말이네. 그러니…."

"아뇨. 차라리 제가 현재 대표팀 포워드들보다 더 낫다는 것을 먼저 증명하겠습니다. 그리고 나서 선택하겠습니다. 과연 스페인 대표팀이 저에게 맞는지 아닌지를. 제 인생에서 누구에게 선택받는 일은 없습니다. 예전에도… 그리고 앞으로도!"

반디의 마음은 완전히 돌아섰다.

대표팀에 발을 들여놓지 않겠다는 생각보다는 지금 현재 자신이 인정받지 못한다는 것에 살짝 화가 났다.

그래서 눈앞에 있는 파블로의 얼굴도 더 보고 싶지 않았다.

"더 하실 말씀 없으시면…."

반디는 조용히 일어나서 문을 응시했다.

축객령이었다. 손님을 계속해서 맞고 싶지 않다는.

"불쾌한 기분은 이해하겠네. 하지만 난 다시 한 번 생각해보라는 말을 하겠네. 인생을 많이 산 축구 선배로서 하는 말이니, 잘 새겨듣기를 바라네."

"네. 잘 새겨듣겠습니다. 하지만 제 결심이 바뀌지는 않을 것 같네요. 안녕히 가십시오."

마지막은 정중하게 인사했다. 그래도 축구계의 선배를

맞이하는 태도에 무례함은 없어야 한다고 여겼다.

또한, 불쾌한 기분을 드러내고 싶지도 않았다.

그러나 파블로의 눈에 그 감정이 왜 안 보이겠는가?

자신을 표현하는 데 있어서 거리낌이 없는 청년.

파블로는 반디에 대해서 깊은 인상을 받고 집을 떠났다.

그가 찾은 곳은 헤수스였다.

오늘 그에게 말도 하지 않고 반디에게 방문했다.

그것을 후회했다. 최소한 상의라도 하고 갔었어야 했는데.

"지금 뭐라고 하셨습니까? 가서 미드필더를 제안하고 오셨다고요?"

"그렇습…니다. 아무래도 제가 실수를 한 것 같습니다. 자존심이 꽤 상해보이는 얼굴이었습니다."

"당연하죠. 당연하다마다요! 이 일을 어떻게 해야 할지… 정말 난감합니다. 난감해요!"

헤수스는 머리가 아프다는 표정을 지었다.

그렇지 않아도 스페인과 카탈루냐의 두 개 대표팀 구성을 요청하는 카탈루냐 임시 축구협회 때문에 머리가 아팠다.

그런데 반디까지 돌아선다면 문제가 극심해졌다.

헤수스가 보는 반디는 스페인 대표팀의 미래임이 분명했다.

대표팀의 현재인 디에구스타와 카브레로와는 다른 각도로 접근해야 했다.

"성급하셨습니다. 저에게 상의라도 하시고 가셨어야죠."

"죄송합니다. 이번에는 정말 입이 열 개라도 할 말이 없습니다."

쩔쩔매는 파블로. 반디의 앞에서도 그러더니, 이번에는 헤수스의 눈과도 마주치지 못했다.

"알겠습니다. 일단은 제가 반디와 통화해보겠습니다. 오늘은 먼저 들어가 보세요."

어쩔 수 없다는 듯이 그를 위로하고 헤수스는 곰곰이 생각했다.

지금 바로 전화를 한다는 게 좋은 것인지, 아닌지에 대해서.

일단은 다른 방법을 찾기로 했다.

당장 반디에게 전화해봤자 뾰족한 수가 나오는 것도 아니었다.

파블로가 죄를 짓는 얼굴로 자신의 사무실에서 나갔지만, 반디를 포워드로 뽑을 생각은 전혀 없어 보였다.

실상 그렇다 할지라도 이제 반디가 받아들이지 않을 것 같았다.

그래서 헤수스는 기자회견을 준비했다.

다시 언론을 이용할 계획을 세운 것이다.

그는 스페인 대표팀의 차세대 스트라이커는 반디라고 천명했다.

현재 대표팀의 포워드 자리가 다 차서 그를 뽑을 수는 없지만, 언제든지 결원이 생기면 그 자리는 반디의 자리라고 말했다.

더불어 시선을 루에카에게 던지면서 불쾌한 말투로,

"항간에 이상한 추측 기사를 쓰시는 분이 있습니다. 에스테반 선수가 카탈루냐와 한국 대표팀 사이에서 고민하고 있다는. 그렇더라도 붙들어야 한다는 게 스페인 축구협회의 공식적인 입장입니다. 협조는커녕, 훼방이라도 놓지 않으셨으면 좋겠습니다."

루에카는 살짝 당황했다.

헤수스의 표정과 지금 말하는 내용의 표적이 누구인지를 잘 알고 있기 때문이다.

심지어 다른 기자들도 자신을 쳐다보고 있었다.

그래서 자신도 모르게 그는 이 말을 내뱉었다.

"아니… 누가 자꾸 그런 기사를…."

한편, 반디는 일희일비하지 않았다.

오히려 신이 주신 선물이라고 생각했다.

아직 갈 길은 멀었고, 최근 득점을 올리지 못했다.

그래서 기름칠을 다시 하고 경기장에 나선 반디.

애꿎은 아틀레티코 마드리드가 반디의 집중 포화를 당했다.

해트트릭. 최근 주춤한 득점포가 완전히 살아나며 팀의 3-1 승리를 이끌었다.

이게 끝이 아니었다. 그다음 경기에서도 두 골을 넣더니, 레반테와의 코파 델 레이 경기에서는 무려 다섯 골을 뽑아냈다.

최근 세 경기에서 열 골.

레알 마드리드의 팬들은 열광했다.

- 보드진, 팀의 레전드가 될 선수다. 꼭 붙잡고 있어라. 결코, 팔면 안 된다.

- 난 이제 레알 마드리드의 팬이 아니다. 에스테반의 팬이다.

연일 반디에 대한 찬양의 말을 기록했다.

다른 두 팀은 몰라도 아틀레티코 마드리드는 프리메라리가의 강팀이었다.

특히나 라이벌전을 통해서 해트트릭한다는 것은 팬들의 뇌리에 깊은 인상을 남기는 일.

반디는 점점 레알 마드리드의 영웅이 되고 있었다.

물론 레알 마드리드의 영웅을 가만두지 않는 세력이 점점 나타났다.

그것이 바로 관심 표명.

제일 첫 번째가 바로 바이에른 뮌헨이었다.

바이에른 뮌헨은 독일 축구를 상징한다고 해도 과언이 아니었다.

오랜 세월 동안 부침의 역사도 있었지만, 늘 우승후보였고, 항상 팬들의 기대를 채워주었다.

지난 시즌 올덴부르크에 빼앗긴 왕좌도 최근 기세로 볼 때, 다시 빼앗을 것이 확실했다.

더군다나 잘 나갈 때 더 선수 보강을 한다고 천명했다.

그게 바로 반디를 노리는 이유였다.

"매우 탐이 나는 선수입니다. 그는 프리메라리가의 득점 기계 아닙니까? 바이에른 뮌헨은 세계 최고의 팀입니다. 세계 최고의 선수가 뛰기에 충분하죠."

바이에른 뮌헨의 다니 파체코 감독은 어제 빌트지와의 인터뷰에서 이렇게 반디에게 관심을 표명했다.

그러고 나서 반디에게 전화한 사람은 뜻밖에 칸테로였다.

"안녕하세요. 어쩐 일이세요?"

(어쩐 일이긴, 요즘 아주 고민에 빠져 있다. 고민에.)

"네? 그건 무슨…."

갑자기 전화해서 고민하고 있다는 말을 하는 장인.

그의 속사정을 듣기 시작했다.

(너희 팀을 응원해야 할지 친구를 응원해야 할지 몰라서 말이야.)

바이에른 뮌헨의 다니는 칸테로의 친구였다.

그래서 던진 말이었다.

"에이, 당연히 저희 팀을 응원해야죠. 같은 스페인이니
까요."

(같은 스페인이라…)

약간 인정하지 않는다는 듯이 말끝을 흐리는 칸테로.

반디는 그가 전화한 이유를 슬슬 눈치채기 시작했다.

"아실지 모르겠지만, 전 레알 마드리드를 떠나지 않습
니다. 혹시 제 속마음이 궁금했다면, 그렇게 전해주세
요."

결국, 바이에른 뮌헨의 감독이 칸테로에게 부탁한 모양
이었다.

그것을 알아챈 반디가 확언했다.

자신이 있을 곳은 레알 마드리드라는 것을.

그러자 갑자기 태도가 돌변하며 적극적으로 그에게 말
하는 칸테로.

(내가 봤을 때에는 바이에른 뮌헨이 네가 뛰기에 더 적
합한 것 같다. 솔직히 분데스리가가 세계 최고의 리그로
발돋움했잖니? 나도 분하기는 하지만, 사위가 더 높은 무
대에 서봐야 한다고 생각한다.)

"아뇨. 더 높은 무대로 만들면 돼요. 제가 뛰고 있는 이
곳을. 그러니까 걱정하지 마세요. 오히려 레알 마드리드를

응원하셔야죠. 시드 배정을 받으시려면. 안 그래요?"

2016~2017시즌부터 바뀐 챔피언스 리그 시드배정 룰.

유럽 7개 국가 리그의 1위 팀과 UEFA 챔피언스 리그 우승팀이 시드를 배정받게 되었다.

따라서 레알 마드리드가 우승해야 현재 2위를 달리고 있는 바르셀로나가 시드배정의 수혜자가 된다는 반디의 이야기.

(그… 그런가?)

"그렇죠. 설마 제가 레알 마드리드를 탈출해야 바르셀로나가 우승할 수 있다는 약한 마음을 가지신 것은 아니죠? 하하하."

(…….)

칸테로와 전화를 끊고 나서 반디는 다시 한 번 깨달았다.

바이에른 뮌헨의 감독은 자신과 레알 마드리드를 흔들어 놓을 생각이었다.

그런데 사람 잘 못 봤다.

반디는 건드리면 몇 배로 포장해서 선물을 주는 사나이였다.

다음 날 갑자기 체르니가 이번 시즌을 마지막으로 레알 마드리드 감독에서 물러난다는 말을 했다.

그러면서 후임 감독을 여러 명 추천하면서 언급했다.

그중 하나가 바이에른 뮌헨의 다니 감독이었다.

말도 안 되는 이야기라고 많은 사람이 말했다.

바르셀로나 출신 감독이 레알 마드리드를 맡을 리가 없다면서.

"예전에 바르셀로나 출신 선수가 레알 마드리드에 올 리가 없다는 말을 들었죠. 그래서 저는 과감히 투자했습니다. 그리고 몇 차례나 산티아고 베르나베우에서 바르셀로나의 최고 선수들이 모습을 드러냈습니다."

이번에는 하비에르가 세상에는 그 어떤 일도 가능하다며 지원 사격을 했다.

그가 하는 말이 꽤 무게가 있을 수밖에 없는 게, 현재 바르셀로나에서 뛰는 감독인 칸테로가 그의 사위였다는 점이다.

바르셀로나의 선수에서 레알 마드리드의 선수로, 그리고 레알 마드리드의 운영진에서 바르셀로나의 감독으로 된 칸테로.

스페인 사람들은 생각했다.

꽤 오래 팀을 이끈 명장이 떠나는 것은 싫었지만, 굳이 떠나야 한다면 팀을 빨리 수습할 수 있는 다음 사람이 나타나는 게 낫다고.

언론은 계속 터져 나오는 기삿거리에 행복한 비명을 질렀다.

원래 적절한 왜곡과 과장이 섞이면, 없던 일도 있던 것이 된다.

기자들이 하는 일이 바로 그것이다.

데이터가 있으니 가공해서 믿을만한 정보로 만들었다.

심지어 그 소스를 반디가 제공하기도 했다.

"사실 전화가 왔었습니다. 장인어른께요. 말씀하시기를 다니 감독님이 저와 같이하고 싶다는 데, 다른 의미일 수도 있다고…."

"그 다른 의미가 혹시 바이에른 뮌헨으로 에스테반 선수를 불러들이는 게 아니라, 그분이 레알 마드리드로 올 수 있다는 뜻입니까?"

"죄송합니다. 함부로 말할 수 없습니다. 제가 인터뷰할 때에는 워낙 입이 무거워서. 잘 알고 계시죠?"

옆에서 인터뷰 장면을 보던 선수들은 반디의 되지도 않는 말에 황당한 얼굴을 보였다.

"쟤 뭐래?"

"인터뷰할 때 진중한 편이라고 하는데?"

"그럼 그동안 고생했던 유소년 시절 감독님들부터 지금 체르니까지는 뭐야?"

"놔둬. 어쨌든 저 녀석 작전대로 되어가고 있잖아."

그랬다. 반디가 체르니에게 와서 8강전에 바이에른 뮌헨과 붙어 반드시 이길 수 있는 필승 전략이 있다고 했다.

그게 바로 지금 이 작전이었다.

실제로 스페인 언론이 떠들어대자, 이것을 받아서 독일 언론이 키우기 시작했다.

특히, 바이에른 뮌헨의 라이벌 팀들은 기회가 왔다면서 많은 말을 내뱉었다.

－ 레버쿠젠 감독, 레알 마드리드와 다니 감독은 궁합에 잘 맞아.

－ 올덴부르크의 감독 대행, 다니 감독은 레알 마드리드 에서 성공할 수 있다고…

계속 인터뷰 내용이 기사화되면서 이제는 없던 사실까 지 만들었다.

바이에른 뮌헨의 감독과 클럽 단장과의 불화설부터, 선 수단의 항명 파동까지.

물론 그런 일은 없었다. 하지만 보고 있던 사람들은 큰 타이틀에 영향을 받았다.

심지어 바이에른 뮌헨 선수들도 동요했다.

그들은 예전에 들은 적이 있었다.

다니 감독이 스페인으로 다시 돌아가고 싶어한다고.

그게 바르셀로나인지 레알 마드리드인지 불분명했다.

다니 감독 입장에서는 당연히 자신의 고향으로 가고 싶 었다.

당연히 지금은 아니다. 나중에 나이가 들어서 어떤 일이 있을지 모른다고만 말했을 뿐이다.

그것을 확대하여 해석하는 언론이 점점 미웠다.

그런 그에게 칸테로의 전화가 왔다.

"어떻게 된 거야? 여기저기 불이 난 것 같아."

(그러게… 이 정도가 될 줄은 나도 예상하지 못했어. 아무래도 에스테반을 너무 만만하게 본 것 같아.)

"에스테반이라니? 이게 그 어린아이의 작품이란 말이야?"

(내 생각은… 아마도 거의 확실할 거야.)

다니는 믿을 수가 없었다.

이제 스물이 갓 넘은 나이였다.

노회한 레알 마드리드의 전 회장, 하비에르가 하던 공작이 반디의 머리에서 나왔다니…

"그 아이를 너무 과대평가하는 것 아니야?"

(그렇지 않아. 오히려 우리가 과소평가한 거지. 분명히 내 생각이 맞을 거라고.)

"……."

전화를 끊고 다니의 대머리가 붉어졌다. 흥분했다는 증거다.

사실 그는 칸테로와 함께 큰 작전을 세웠다.

레알 마드리드에서 반디를 분리해 내겠다는.

이것이 일거양득의 효과를 거둘 수 있다고 보았다.

그 첫 번째는 당장 치러지는 챔피언스리그 8강전에서 반디의 마음을 혼란스럽게 할 수 있다는 점이었다.

그리고 두 번째는 진짜 그를 영입하고, 나아가서는 카탈루냐의 선수로 만들겠다는 공작.

이게 통하지 않을 확률도 있었지만, 최소한 자신들이 당할 줄은 몰랐다.

이제 그의 대머리에서 송골송골 땀이 맺혔다.

'더더욱 욕심이 나는군… 더 많이….'

그는 언젠가 카탈루냐의 대표팀을 맡겠다는 생각을 했다.

대표팀 감독으로서, 그것도 아니면 바이에른 뮌헨의 감독으로서 반드시 그를 영입하고 싶었다.

물론 반디는 전혀 다른 생각을 하고 있었다.

다가오는 8강전은 원정 경기.

어떻게 해야 바이에른 뮌헨을 완벽하게 이길지에 대해서 구상하는 중이었다.

전략적인 부분은 어느 정도 성공을 거두고 있다고 생각했다.

문제는 전술.

바이에른 뮌헨의 경기 장면을 보았더니, 과연 우승후보로 불리는 데 한치의 모자람도 없었다.

"정말, 대단한데… 공격과 수비, 그리고 미드필더가 거의 완벽해."

"그러게. 뚫을 틈도 없고, 막기도 쉽지가 않을 것 같아."

같이 동영상을 살펴보는 선수들은 저마다 입에 침이 마르도록 바이에른 뮌헨을 칭찬했다.

그때 반디가 목소리를 살짝 키웠다.

"틈은 만드는 거죠. 그리고 상대하는 팀이 모두 약했어요. 저희 동영상을 보고 저쪽은 더 겁먹고 있을 겁니다. 레알 마드리드는 대단하다고. 너무 일찍 만나서 억울하다고. 안 그래요?"

"······."

선수들은 더 말하지 못했다.

반디의 말을 듣고 투지가 끓어오르고 있었기 때문이다.

그렇게 시작한 대 바이에른 뮌헨전을 상대할 연습.

그 장면을 보면서 체르니는 아구스틴에게 말했다.

"저번에 말했지만, 저녀석 감독을 해도 되겠어."

"하루하루가 다릅니다. 그래서 말인데…."

아구스틴은 묘한 미소를 지었다.

"다음 시즌 주장을 저 녀석으로 내정해 놓는 것은 어떨까요?"

"나쁘지 않아. 아니 아주 좋지. 내심 안토니오도 괜찮다고 생각했는데, 지금 보니까 레알 마드리드의 차세대 주장감은 반디야. 아마 선수들도 수긍할 거야."

이들이 나누는 대화내용도 모르고 반디는 연습하면서
계속 선수들을 자극했다.

"어이, 빅토르! 그래서 되겠어? 언제 씨날두 밀어내고
그 자리 차지할래? 안 그래도 힘들어하는데, 네가 못 받치
니까… 응? 그렇잖아!"

"저… 자식이…."

살짝 시무룩해진 빅토르. 그런데 그보다 먼저 씨날두가
반디에게 무언가를 외쳤다.

"야! 왜 하필이면 나를 들먹여? 너 지금 말 더 안 한
거, 내가 나이 들었다, 뭐다 그 이야기 하려고 그러는 거
지?"

그 말에 반디는 어깨를 으쓱거렸다.

전혀 그럴 마음이 없었다는 뜻이었다.

"하하하. 씨날두. 당했어. 킥킥킥"

"뭐야? 너도 좀 있으면 나처럼 당해. 봐봐. 저 녀석 내년
쯤에 주장완장 달면 엄청난 권력의 칼을 휘두르게 될 거
야."

"그… 그런가?"

살짝 떨고 있는 표정을 장난스럽게 만드는 타미.

그래도 상관없었다. 요즘 팀 분위기는 매우 좋았기에.

이 좋은 분위기로 무엇이든 할 수 있을 것이라 여겼다.

아무리 바이에른 뮌헨이 강력한 팀이라도, 레알 마드리

드 역시 그에 못지않다고 생각하는 자신감.

그래서 이번 8강전은 명승부가 될 것으로 내다보았다.

언론 또한 마찬가지였다.

다만 바이에른 뮌헨이 홈에서 먼저 치른다는 점.

그게 약간 유리하다고 판단했다.

당일까지도 이들의 승부를 예측하는 많은 기사가 나왔다.

그리고…

69,901명의 관중이 운집한 알리안츠 아레나에 레알 마드리드의 흰색 유니폼을 입은 선수들이 등장했다.

반디는 자신의 손을 잡은 동양인 꼬마를 바라보았다.

여자아이였다.

"안녕?"

미소를 지은 그의 얼굴이 눈이 부셨는지 얼굴을 살짝 붉히는 어린아이.

반디의 스페인어를 알아듣지는 못했지만, 수줍은 목소리로 그녀는 이렇게 말했다.

"저…도 한국…에서… 입양되었어요…."

그녀의 입에서 나온 서툰 한국어에 반디의 마음이 찌르르 울렸다.

아이의 손을 잡고 필드에 나갈 때까지 마음의 소리는 계속 울렸다.

물론 거기까지였다.

이제는 투지를 불태울 때.

어느새 필드에서 상대를 바라보는 그의 표정은 먹이를 노리는 포식자와 닮아 있었다.

상대는 바이에른 뮌헨의 선수들이다.

결코, 손쉬운 먹잇감이 될 수 없는 이들.

올해 바이에른 뮌헨은 세대교체에 완벽하게 성공했다.

2010년대 중반을 넘어서 서서히 준비해 온 세대교체.

그래서 몇 차례 1위를 빼앗겼는데도 불구하고 팬들은 감독을 믿고 기다려주었다.

기다린 끝에 낙이 온다.

작년 올덴부르크에 빼앗긴 1위 자리를 현재 유지하고 있었다.

그래도 부족했다. 올덴부르크는 현재 정상 전력이 아닌데, 2위에서 바짝 쫓아왔다.

더구나 작년 올덴부르크는 3관왕까지 했다.

바이에른 뮌헨이라면, 독일의 상징이 되는 팀이라면, 올해 그 이상을 해야 한다.

그래서 만난 레알 마드리드는 자신들이 얼마나 잘하고 있었는지를 증명해주는 상대.

첫 경기까지 오는 동안 호락호락하지 않다는 것을 절감한 다니는 오늘 옆줄에 나와 열정적으로 외쳤다.

"선 안 맞춰? 누가 그렇게 간격을 벌리래?"

점점 더워지고 있다. 감독의 열정과 함께. 그래서 그의 대머리에서 땀방울이 벌써 송골송골 맺혔다.

홈 경기에서 초반 주도권은 매우 중요하다고 생각했다.

그동안 여론이 뒤흔든 것을 만회하기 위해서라도.

좀 더 공격적인 주문을 하는 것은 바로 그 이유 때문이다.

그러나 쉽지 않았다. 전방부터 작정하고 프레싱하는 레알 마드리드의 선수들 덕분에.

"게겐… 프레싱?"

자신도 모르게 나오는 전술 이름.

그렇다. 레알 마드리드는 현재 게겐 프레싱을 하고 있었다.

한때 분데스리가의 전술 트렌드를 주도했던 도르트문트의 전술, 게겐 프레싱.

전방부터 압박하며 공간을 주지 않는다는 점에서 그 효용가치가 매우 높았다.

선풍적인 인기는 그때 생겼다. 그리고 오래가는 유행이 없다는 것을 증명하듯이, 도르트문트의 하강과 더불어 그 생명력이 끝난 것처럼 보였다.

사실은 여기저기서 진화하고 있었다.

레알 마드리드가 오늘 선보이는 게겐 프레싱도 그 진화의 일부분이었다.

최전방 반디가 뛰어다니는 모습이 눈에 부셨다.

전반전에 진을 다 빼기라도 하듯이.

"쟤를 보고 있으면, 차라리 국가대표에 뽑히지 않았으면 좋겠다는 생각도 들어."

"그게 무슨…."

아구스틴은 얼토당토않은 말을 입에서 내뱉는 체르니를 마주 보았다.

황당한 표정을 하는 그에게 체르니는 웃으면서 그의 어깨를 두드렸다.

"걱정하지 말게. 스페인 대표팀으로 뛰지 않았으면 좋겠다는 말은 아니니까. 저렇게 체력이 남아도는 이유가, 다른 선수들처럼 국가 대표에서 진을 빼지 않았기 때문이라는 말일세."

옳은 말이다. 최소한 반디는 다른 선수들처럼 불려다니지 않았다.

원래 선수들의 부상 빈도가 높아지는 때가 국가 대표활동이 잦아지는 시기였다.

유럽 선수들 기준으로는 월드컵과 유로 대회가 큰 체력적 부담으로 다가왔다.

유로 2020. 얼마나 뛰어댔던가?

레알 마드리드와 바이에른 뮌헨 선수들은 대부분 국가 대표 선수들로 이루어져 있었다.

당연히 올 시즌 내내 혹사했다고 봐도 과언이 아니었는데, 반디는 아니었다.

이게 선천적인 재능인지 모르겠지만, 그는 아직도 쌩쌩하게 달렸다.

후반기로 갈수록 그의 득점포가 터지는 이유도 바로 그 때문이었다.

지금도 종횡무진, 상대 진영에서 적토마를 잡으려 두 명 이상의 수비가 붙을 수밖에 없었다.

"윽!"

결국, 그를 제지하는 유일한 방법, 태클을 사용한 수비수.

그나마 위험 지역이 아닌 곳에서 해야 한다.

레알 마드리드는 데드볼 스페셜리스트가 있으니까.

"젠장, 조금만 위에서 넘어트려 주지."

"야, 그러다가 다쳐, 인마. 욕심은 금물이야. 반칙 안 당하는 게 최고지. 알았어?"

반디의 말에 씨날두가 머리를 한 번 흐트러트리면서 웃었다.

의욕적인 그에게 가르쳐 줄 것은 많고 자신은 늙어가니 시간이 아까웠다.

그래도 어쩔 수 없었다. 선수의 황혼기에 찾아온 즐거움. 반디와 같이 스펀지처럼 쏙쏙 빨아드리는 이를 언제 또 만나보겠는가?

"거의 사랑 고백하는 눈인데요? 혹시 남자 취향이십니까?"

반디는 그가 계속 자신을 쳐다보자 농담 한마디 한 뒤에 전방을 바라보았다.

그렇게 촘촘하지 않았다.

16강전에서 붙은 맨체스터 시티보다는 훨씬 나은 수비진이었지만, 뚫지 못할 이유가 없었다.

"공주세요, 어서…"

그래서 공을 받고 나서 드리블하기 시작한 반디.

다시 그를 향해 두 명의 미드필더가 붙었다.

일단 패스. 공은 우측의 페드로에게 전달되었다.

이젠 쾌속질주를 하는 친구의 모습을 바라면서 페널티 에어리어에 진입했다.

턱. 그리고, 탁.

자신이 향하는 곳에 반드시 있는 수비진.

그냥 위치한 것도 아니다. 늘 그렇지만 몸싸움을 걸어왔다.

생소한 일도 아닌지라 반디는 늘 그랬듯이 미소를 지으면서 그들의 몸싸움에 대응했다.

"큭…"

상대 수비수는 깜짝 놀랐다.

생각보다 힘이 있는 반디.

무게 중심을 잘못 잡았지만, 그래도 반디가 부딪혀오니 균형을 잃을 뻔했다.

"젠장…"

자신도 모르게 나오는 비속어. 그런데 그럴 때가 아니었다.

순간 페드로의 크로스가 날아오고 있었으니.

반디의 몸이 뒤로 향했다.

아직 점프한 것은 아니었다.

남은 수비 한 명이 공중으로 뜨는 것을 제지하기 위해서다.

반디를 보는 모든 선수의 눈이 커졌다.

눈 안에 있는 것은 바로 경이로움.

순식간에 두 명의 수비수를 무력화시키면서 공중전을 제압했다.

이는 힘만으로 해결되는 것이 아니었다. 그렇다고 기교만으로도 불가능했다.

정확한 타이밍. 공이 언제 떨어지며, 그 안에서 자신이 무엇을 해야 하는지를 알아야 상대를 저지하며 공중으로 몸을 띄울 수 있었다.

반디는 지금 그것을 해냈다.

무주공산이 된 공중에서 당연히 그의 머리에 정확히 맞출 수밖에 없는 공.

텅! 머리에 맞은 공이 아름다운 궤적을 그렸다.

골키퍼가 예측할 수 없는 곳을 위해서 빠르기보다는 방향을 선택한 반디.

세계 최고의 골키퍼를 다투는 뮌헨의 문지기가 몸을 날렸다.

그의 시선이 머무는 곳에 공이 바닥으로 떨어졌다.

통! 한 번 튕긴다는 것은 악몽과 같은 일이다.

그나마 공중에 있을 때, 공의 높낮이를 예측할 수 있는데, 바닥에 튕겼으니 그의 손을 스쳐 지나갈 수밖에 없었다.

쾅, 쾅, 쾅!

분하다는 듯이 바닥을 치는 골키퍼.

그 이전에 이미 확신한 듯이 반디는 한 손을 올리고 있었다.

첫 선취 득점. 거의 개인 능력으로 해낸 것이다.

프리킥 지점에서 공을 받고 페드로에게 넘겨준 뒤 여기까지 오는 과정에서 반디는 공의 공급과 결정을 다 완수해냈으니.

전략의 승리이기도 했다.

뮌헨의 선수들 대다수가 그를 의식하면서 플레이하는 중이었다.

오늘 경기를 앞두고 설왕설래하는 이슈의 중심이 그와 자신들의 감독이었으니까.

뭔가 많이 보여주고 싶었다.

정확히 말하면 반디가 아무것도 아니라는 것을 감독에게 알려주기를 바랐다.

첫 실점으로 그 시도는 무위로 끝나버렸다.

이로써 사기가 오른 레알 마드리드의 공격이 좀 더 가속화되었다.

반디는 그중에서 가장 많이 뛰어다녔다.

활동량 부분에서 전반전 부동의 1위를 한 것은 물론이다.

라커룸에서도 이를 증명하듯이 선수들의 농담이 이어졌다.

"마약 먹었냐?"

"야, 오늘 너만 경기하는 것 같잖아."

"저쪽이 필사적으로 막지 않았다면, 벌써 몇 골은 넣었을 것 같아. 하하하."

마지막에 마리오가 한 말이 사실이었다.

실점 후 뮌헨선수들은 절치부심 공격과 수비의 균형을 맞추며 라인의 중심을 반디에게 이동했다.

하지만 레알 마드리드는 반디의 원맨 팀이 아니었다.

곧바로 한 군데만 막은 부작용이 생기기 시작했다.

"저기 봐요! 저기… 저만 막으면 안 되잖아요. 이럴 바에야, 차라리 제게 기회를 주세요. 여기저기 기록 좀 깨게."

반디는 뛰면서 스페인 출신 미드필더 한 명에게 이렇게 전달했다.

어차피 뚫릴 거라면, 자신에게 기회를 달라는 뻔뻔한 이야기.

"이 자식이… 헉, 헉… 불난 집에 부채질하고… 있어, 헉, 헉."

많이 지친 모습이었다.

늘 그렇지만 월드컵이 치러지는 시즌에는 월드컵 후유증이, 유로가 끝난 후에는 유로 후유증이 이들을 덮쳤다.

레알 마드리드가 한결 나았던 이유 중 하나.

최소한 공격진에서는 국가 대표에서 힘을 빼지 않은 반디, 씨날두 라인이 있었다.

전반은 반디가 종횡무진 뮌헨의 수비진을 헤집어 놓았다면, 지금은 씨날두가 경험을 무기로 드리블하며 중거리 슛을 내뿜었다.

철썩!

드디어 2대 0이다.

흥분해서 뛰어가는 씨날두의 허리를 반디가 부둥켜안고

있었다.

"하하하. 은퇴는 몇 년 후에 하셔야겠는데요?"

"안 돼. 번복 할 수는 없어. 킥킥킥."

반디가 이 말을 하는 이유. 씨날두는 올 시즌을 마치고 선수 은퇴를 선언했다.

아직은 그에게 황혼기가 더 남기는 했다.

그러나 멋지게 은퇴하고 싶다는 말. 반디는 고개를 끄덕여 동의를 표했었다.

하지만 몇 년 더 뛸 수 있는 그의 능력에 아쉬움은 계속 남을 수밖에 없다.

그래서 이렇게 득점할 때마다 반디는 그에게 은퇴번복을 언급했다.

세레머니 중에 계속 교감하는 이들의 모습이 주변 선수들의 얼굴에 미소를 가져다주었다.

반면 바이에른 뮌헨 벤치에서는…

"우승을 목표로 했는데, 벌써 2-0으로 지고 있습니다. 이 경기 끝나면 언론이 많이 달라붙을 것 같습니다."

로이스 단장은 불만 어린 목소리를 냈다.

분데스리가에서 단장과 감독은 매우 밀접한 관계에 있었다.

단장이 가끔 벤치에 앉을 때도 존재했는데, 오늘 경기의 무게감 때문에 로이스가 벤치에 앉은 것이다.

아무튼, 그의 말을 듣고도 다니의 표정은 바뀌지 않았다.

"아직 경기는 끝나지 않았습니다. 30분이나 남았죠."

"그렇기는 하지만…."

오히려 체력이 더 떨어져 있는 진영은 바이에른 뮌헨 쪽 같았다.

그래서 로이스는 남은 시간에 더 점수 차이가 나지 않기를 바랄 뿐이었는데…

"제 게임은 이제 시작입니다."

이렇게 말하는 다니는 물병을 들고 옆줄에 나갔다.

꿀꺽꿀꺽꿀꺽!

거의 반을 다 목으로 넘겼다.

그러고 나서…

"사람이 문제가 아니다. 공간이 문제야! 너희는 지금 사람만 보고 있다!"

이렇게 큰소리로 외치기 위해서 물을 마셨다.

필드의 선수들이 그를 바라보았다.

"자존심 없나? 설마 내가 떠난다는 말을 믿는 것인가? 그렇다면 좋다! 맞다. 난 떠날 것이다. 단! 너희가 챔피언스 리그 우승컵을 들어 올리는 것을 보고 나서! 저기 레알 마드리드만큼 수집하고 떠날 것이다!"

떠난다는 말에 폭탄선언을 하는 줄 알았다.

그러나 곧 그들은 이해했다.

바이에른 뮌헨의 챔피언스 리그 우승 횟수는 6회.

레알 마드리드보다 5번 적게 했다.

그렇다면 최소 5년은 머문다는 이야기였다.

"휴우, 대단한데요! 저 말을 스페인어로 외치다니. 우리들으로라고 한 건가요?"

"알아듣는 이들도 있고, 아닌 사람들도 있겠지. 그런데 봐봐. 스페인 애들이 독일 애들한테 무슨 내용인지 알려주고 있잖아."

반디의 말에 씨날두가 눈으로 가리킨 그곳.

정말 의사소통을 하고 있었다.

눈빛이 슬슬 달라지기 시작했다.

아까도 투지가 넘쳤지만, 지금은 독기가 더해졌다.

사실 오늘 바이에른 뮌헨은 최고답지 않았다.

불확실성이 머릿속에 있을 때, 플레이에 영향을 미친다는 것을 보여준 한 판.

그 불확실성이 제거된 지금 게임은 아직 끝나지 않았다.

그렇다. 아직 게임은 끝나지 않았다.

사실 너무 쉬웠다. 바이에른 뮌헨이라고 보기에는 오늘 하자가 정말 많은 팀 같았다.

정신 무장의 여부 차이. 그게 현재 스코어로 나타났다.

그리고 만약 다시 정신적으로 재무장된다면, 뮌헨은 자체발광하는 훌륭한 팀으로 거듭날 것이다.

바로 지금이 기회였다.

감독의 선언. 그것이 이들의 심장을 자극했다.

쿵쾅쿵쾅쿵쾅.

심장 뛰는 소리가 자신들의 귀에 들렸다.

"헉… 헉."

힘들었다. 그것도 많이. 누적된 피로가 슬슬 올라오고 있었다.

그럼에도 불구하고 뛰기 시작했다.

레알 마드리드의 선수들이 일시적으로 당황했다.

동영상으로 그렸던 동선이 달라졌다.

정확히 말하면, 그 동선은 비슷했지만, 한 걸음 더 뛰는 바람에 연장되었다.

세계 최고의 선수들이 좌우에서 공을 컨트롤했다.

그리고 중앙으로 넘어오는 공!

"막아!"

베른하르트가 소리치며 앞으로 튀어 나갔다.

자신에게 하는 소리였다.

그런데…

쾅!

"삐이이익!"

중앙으로 돌파해오는 상대 공격수와 충돌하고 말았다.

호각이 들렸고, 경기는 잠시 중단되었다.

골키퍼가 다치면 어쩔 수 없는 일이다.

곧바로 중립 닥터와 팀 주치의가 달려 나왔다.

"괜찮아? 이봐, 베른하르트! 괜찮아?"

베른하르트와 충돌한 선수는 올 시즌 분데스리가에서 득점 선두를 달리고 있는 미하엘.

얼굴에 미안함이 가득한 것을 보니 고의는 아니었다.

문제는 넘어진 베른하르트가 이제 실려 나가고 있다는 점이다.

"젠장 슈워프 몸 풀라고 해."

"네, 네! 알겠습니다."

후보 골키퍼에게는 기회일지 몰라도, 클럽 벤치에게는 재앙과도 같은 일이었다.

올 시즌 레알 마드리드의 후방이 거의 완벽하게 안정화한 근본적인 이유는 바로 골키퍼, 베른하르트의 존재 때문이었다.

그를 통해서 수비수 안토니오의 빌드업이 창의력을 불러왔고, 이는 미드필더와 공격 2선에 힘을 불어넣었다.

그런데 부상이라니?

반디도, 씨날두도, 그리고 다른 선수들도 얼굴에 먹구름이 끼기 시작했다.

좋지 않은 예감이 들었다.

"이러다가…."

"시끄릿!"

페드로가 뭔가 한마디 하려고 하자, 타미가 그를 제지했다.

말이 씨가 되는 법이었다.

"묵묵히 네 일 해. 그럼 이길 거야."

"네, 네. 알겠습니다."

보통 이런 경우 넉살 좋게 맞받아치는 페드로였지만, 이번에는 진지하게 따랐다.

클럽의 분위기를 느낀 것이다.

"그래도 2-0이에요. 일단 더 넣는 것보다, 실점하지 않는 방향으로 갑시다. 자, 자. 파이팅!"

이 상황에서 반디가 다시 팀을 추스르려고 애썼다.

리더쉽의 유전자가 발동하기 시작했다.

다만 그것으로도 막을 수 없는 것이 후방 불안감.

안토니오가 볼 터치를 해보라고 방금 교체된 골키퍼에게 공을 주었는데, 어떻게 찼는지 터치아웃이 되어 버렸다.

"슈워프! 괜찮아. 긴장하지 마. 알았지?"

타미가 밑에까지 내려와서 그를 안정시키려고 시도했다.

"괜찮아요! 그럴 수도 있습니다. 하하하."

멀리서는 반디가 두 손을 위로하고 손뼉 치며 그를 격려했다.

반디의 행위를 따라 하는 레알 마드리드의 선수들.

"그래, 그래! 그럴 수도 있지. 하하하."

"좋아, 좋아! 차내는 것도 좋은 방법이야."

곧 이렇게 말한 이들의 얼굴이 흙빛이 되었다.

세 번의 터치로 골문 앞까지 간 공은 미하엘의 머리에 닿았고…

통!

안토니오와 경합하며 힘없이 골문을 향했던 그 공이 그대로 그물을 춤추게 한 것이다.

슈워프가 몸을 안 날린 것은 아니지만, 한 박자 늦었다.

확실히 이번 슈팅은 막을 수 있었다. 누구라도 그렇게 생각했다. 심지어 본인조차도.

"제… 젠장! 미안해요…."

카스티야를 거쳐서 온 스위스 출신의 골키퍼였다.

갑자기 위축되는 어깨.

반디의 눈에 그것이 보였고, 그는 긴장하는 슈워프의 어깨를 두드려 주었다.

"있잖아? 한 골만 더 먹자. 딱 한 골만 더. 거기까지 괜찮아. 아니, 그 이후에 또 먹으면 돼. 오늘 원정 왔으니까, 홈에서는 1-0으로 이기면 되거든. 그때에는 네가 승리 팀의 골키퍼가 될 거야. 알았지? 두 골만 더 내주자."

두 골만 더 내주자는 그 말이 그렇게 고마울 수 없었다.

물론 아직 긴장이 풀린 것은 아니지만, 마음의 부담감이 가벼워진 것은 사실.

주먹을 꽉 쥐는 슈워프.

그리고 그것을 보는 반디의 얼굴에 미소가 감돌았다.

중앙선에 공을 놓으러 가는 그의 옆에서 페드로가 물었다.

"진짜 두 골을 더 내주자고?"

"미쳤어? 당연히 안 되지. 앞으로 어떤 일이 일어날지 모르는데?"

"……"

턱. 공을 놓으면서 반디는 페드로에게 한마디 더 한다.

"베른하르트의 부상 여하에 따라 달라지겠지만, 일단 슈워프가 당분간 우리의 주전 골키퍼잖아. 자신감을 주는 것은 당연하지."

"반디 말이 맞아. 그런 의미에서 이제부터 우리가 도와야 할 것 같아."

이번에는 씨날두가 거들었다. 그의 말에 페드로가 그 의도를 파악하려고 했다.

"그럼 수비적으로 나서자는 말이죠?"

"아니. 더 공격적으로 나서서 앞에서 차단해야지. 수비는 안토니오에게 맡기고. 자, 받아!"

마지막으로 페드로의 말에 대답한 반디.

공을 차주고 앞으로 나아갔다.

보통 중앙선에서 공을 차고 나서 좌우로 벌려준다.

종 방향보다는 횡 방향을 선택하는 게 공을 안전하게 점유하는 방법이었으니까.

그것도 아니면 뒤로 공을 보내는 것을 선택한다.

그런데 페드로는 원터치로 반디에게 패스했다.

공격하겠다는 의지. 반디 역시 바로 잡지 않고 왼쪽으로 질주하는 씨날두에게 공을 넘겼다.

안타깝게도 씨날두는 공을 받지 못했다.

손을 들어서 미안함을 표현하는 그의 얼굴에 땀이 흘러내렸다.

반디의 패스가 **빠르기**도 했지만, 씨날두도 지쳤다.

아무리 국가대표에서 은퇴하고 클럽에만 집중한다 해도 나이는 속일 수가 없었다.

반격이 곧 이어졌지만, 속공이 아닌 한 레알 마드리드의 수비진이 자리 잡은 상태.

"안타깝군. 조금 더 빨리 저들에게 말했어야 했는데…."

다니는 후회하는 중이었다.

더 빨리 자신의 거취를 확정 지었다면, 초반의 양상은 꽤 달라졌을 것으로 생각했다.

지난 일이지만, 인간은 후회하는 동물이었다.

그 역시 마찬가지.

그래도 옆에 앉은 단장은 미소를 머금고 그에게 말했다.

"만약 오늘 경기에 져도 클럽은 향후 5년 이상을 이끌고 갈 감독을 얻은 것이니… 나쁘지 않습니다. 하하하."

그 말을 듣고 다니는 쓴웃음을 지었다.

사실 아까 말한 것은 계획에 없는 일이었다.

순간적으로 든 마음에 외친 것이었는데…

'반드시 지켜야 할 약속은 계약서에 사인해야 이루어질 것이다.'

아직은 아니었다. 세상일은 예측할 수 없는 것들로 가득 차 있었으니까.

필드 위에 대입해보면 예측할 수 없는 것들은 더 많아진다.

지금도 한 명의 선수가 다리를 붙잡고 누워있었으니.

이번에는 레알 마드리드의 선수가 아니라 바이에른 뮌헨의 선수였다.

문제는 그가 핵심 스트라이커 미하엘이라는 점.

자신도 모르게 강하게 태클했던 마리오의 얼굴에 당황

함이 스쳤다.

"괜찮아. 고의는 아니었잖아."

역시 그의 어깨를 먼저 두드려주는 것은 반디였다.

그리고 재빨리 가서 미하엘에게 말했다.

"괜찮아요? 알 유 오케이?"

서로 알아들을 수 있는 영어. 대체로 다국적 선수들을 만날 때 선수들은 영어로 의사표현을 한다.

마리오도 다가가 미안하다고 말했다.

물론 관중들은 야유를 퍼붓고 있었다.

"우우우우우!"

그 영향인지 모르겠지만, 심판이 카드를 꺼내 들었다.

다행히 노란색이었다.

그는 마리오가 알아듣든 말든 카드를 꺼낸 이유까지 설명해주었다.

"보복 행위로 보일 수 있어. 아닐 수도 있지만."

아까 베른하르트를 실려 나가게 했던 당사자, 미하엘에게 반칙한 행위가 보복으로 보일 수 있다는 것이다.

마리오는 별다른 변명을 하지 않았다.

사실 할 수도 없었다. 자신의 태클로 실려 나가는 미하엘이 계속 눈에 밟혔기에.

옆에서 보고 있던 반디는 살짝 우려되었다.

혹시나 마리오의 플레이가 위축되지는 않을지.

짝!

그는 마리오의 양 뺨을 소리가 날 정도로 잡았다.

"마리오! 설마 죄책감 같은 것을 가지지는 않겠지? 그렇다면 그건 고의였다는 것을 증명하는 일이야. 안 그래?"

끄덕끄덕.

마리오는 반디의 눈을 보았다.

어렸을 때부터 알던 이 친구의 캐릭터는 정말 다채로웠다.

지금은 카리스마가 엿보였다.

그리고 이게 끝이 아니었다.

양손을 펼쳐서 가끔 앞뒤로 라인 정리를 했다.

공격 1선의 최전방 스트라이커가 자신의 위치에서 조금 더 내려왔다.

중앙 부근에서 활발하게 뛰어다니면서 동료의 부족한 활동량을 채워주는 반디.

다소 위축되었던 마리오가 회복할 시간을 얻기 바랐다.

"정말 영리하군… 정말 영리해…."

다니 감독은 턱을 만지면서 중얼거렸다.

경기에 몰입된 지금 혼잣말하는지도 모를 것이다.

일단 미하엘이 나간 지금 그가 포커스를 맞춘 초미의 관심사는 득점할 수 있는 스트라이커가 존재하느냐였다.

그런데 대신 들어간 스트라이커는 약간 역량이 부족했다.

그 역시 출중한 기량이 있지만, 그동안 미하엘에게 밀린 게 문제였다.

경기에 자주 출전하지 못하니 경기 감각을 끌어올릴 시간이 별로 없었다는 점.

그게 지금 부정확한 슈팅으로 이어지고 있었다.

다니의 마지막 승부수는 그래서 전원공격이었다.

"무리수를 꺼내 드는데요?"

아구스틴은 바이에른 뮌헨의 최후방부터 점점 밀고 오는 것을 보고 체르니에게 말했다.

그런데 그 말을 들은 체르니는 심각한 얼굴이 되었다.

위기를 감지한 것이다.

마음은 몸을 터치라인으로 밀어냈다.

좀 더 정신무장을 바라는 수비를 강화하려는 말을 하는 것일까?

"역습이다! 역습 준비해라!"

그게 아니었다. 뜻밖의 말이었다.

그래서 옆 줄에 나와 있는 다니 감독의 귀에 체르니가 하는 내용이 들렸을 때, 살짝 망설이는 마음이 생겼다.

레알 마드리드의 입장에서 현재 2-1의 점수를 가지고 홈에서 2차전을 치러도 성공적이었다.

그렇다면 틀어막아서 버티고 경기를 마무리하는 게 훨씬 나을 텐데…

"반디야! 반디야! 더 들어가지 마라! 좀 더 앞으로 나가! 역습 안 할 거야?"

다니가 스페인어를 알아들을 수 있어서 더 문제였다.

설마 스페인 출신인 자신을 기만하기 위해서, 작전을 펼치는 것일까?

아예 대놓고 이렇게 스페인어로 전술 지시를 하니, 전원 공격을 지시한 다니의 망설임이 조금씩 극대화했다.

필드를 보니 반디는 정말 슬쩍 수비진에서 한 발을 빼고 있는 것처럼 보였다.

체르니는 한술 더 떠서 씨날두를 빼고, 빅토르를 집어넣었다.

수비수나 수비형 미드필더가 아닌 공격 자원을 바꾼다는 의미.

'진짜 역습을 준비하고 있군….'

다니의 대머리에서 나는 땀이 더욱 굵어졌다.

그리고 그 순간 반디가 달리기 시작했다.

공 없이 달리는 이유는 여러 가지가 있었다.

반디는 그 중 시선 끌기를 택했다.

안토니오가 공을 잡았을 때, 늘 레알 마드리드는 역습 루트를 이용했다.

그의 정확한 롱패스와 반디의 퍼스트 터치가 매우 위협적이었기에.

그래서 지금 상대 심리를 이용한 것이다.

바이에른 뮌헨의 최전방부터 후방까지 일시적으로 압박이 중단되었다.

시선은 반디에게.

그러나 공은 날아가지 않았다.

오히려 아래까지 내려온 미드필더 나단에게 공이 갔다.

한 번 잡으면 잘 뺏기지 않는 그는 공을 중앙부근까지 밀고 가다가 다시 뒤로 전달했고, 그것을 받은 레알 마드리드의 센터백들은 좌우 풀백을 활용하여 공을 돌렸다.

속았다는 생각이 머리를 지배할 때 다시 바이에른 뮌헨이 압박에 들어오면 여지없이 안토니오에게 공이 갔다.

신경 쓰지 않으려 해도 그 찰나의 순간 반디에게 시선이 가는 바이에른 뮌헨의 선수들.

"신경 쓰지 마라! 속임수다! 속임수니까 그냥 뒤를 보지 말고 앞만 봐라!"

결국, 다니가 소리 질렀다.

선수들의 정신이 다시 무장되며 호흡을 가다듬었다.

돌진을 위한 준비. 그게 시작된 것이다.

문제는 이럴 때 안토니오의 진짜 롱패스가 나아간다는 점이었다.

정말 정확했다. 바이에른 뮌헨의 수비진이 앞으로 완전히 나올 때 연결된 그 긴 패스가.

턱. 달려가면서 받는 기가 막힌 퍼스트 터치.

이게 위협적이기 때문에 그동안 망설였던 것인데…

아무튼, 수비수들의 비상등에 빨간 불이 켜졌다.

"삐이이이익!"

심판의 오프사이드 호루라기가 아니었다면, 완전히 골키퍼와 일대일 기회를 주었을 것이다.

"아니에요. 이게 무슨 오프사이드예요? 정말 아닌데…."

반디가 불만 어린 표정으로 주심을 바라보며 외쳤다.

사실 정당한 항의였다.

거의 같은 라인이었기에, 호루라기를 불어도 그만, 인플레이를 시켜도 그만이었던 상황이었다.

"우우우우우!"

그러나 항의하는 그를 향해 여지없이 관중들의 야유가 쏟아졌다.

멘탈이 좋은 반디. 두 손을 위로 들어 올려서 손뼉을 쳤다.

"자, 파이팅! 다시 한 번 주세요!"

이렇게 말하며 이제는 엄지손가락을 들어 올렸다.

좋은 패스였다는 표시. 다시 원한다는 말. 이런 것이 바이에른 뮌헨의 수비진에 일시적으로 망설임을 가져다주었다.

"여기다! 여기야! 모두 여기에 선을 맞춰라!"

그때 할 수 있는 모든 것을 다 사용해보려는 다니의 몸부림.

수비가 나아갈 수 있도록 옆줄의 한 지점에 서 있었다.

거기에 줄을 맞추라는 지시.

수비가 그렇게 일자로 서자, 그는 레알 마드리드 진영으로 올라갔다.

이렇게 되자 반디도 그 줄에 맞추어 내려갈 수밖에 없었다.

자리에 머물면 오프사이드밖에 안 되기 때문이다.

다행인 점은 이제 시간은 5분도 채 남지 않았다는 것.

불행인 점은 중앙 미드필더의 키패스가 페널티 에어리어 안으로 들어갔다는 것이다.

"막아!"

안토니오가 소리를 질렀고, 급하게 들어온 마리오가 다시 한 번 태클했다.

애매한 그의 태클에 상대가 걸려 넘어졌고…

"삐이이이익!"

"와아아아아아!"

심판의 호루라기 소리와 함께 관중들의 열광하는 목소리가 필드를 가득 메웠다.

그리고 심판이 노란 카드를 꺼냈을 때, 알리안츠 아레나가 일순간에 용광로로 변했다.

경고 2회. 빨간색 카드. 이것이 의미하는 것을 모를 리 없는 마리오의 얼굴에 절망이 스며들었다.

"됐다. 잘했어. 그 순간 태클하지 않았다면, 난 너를 욕했을 거야."

반디는 나가는 마리오의 등을 두드리며 이렇게 말했다.

마리오는 잠시 자신에게 격려하는 친구의 눈을 보았다.

놀랍게도 고맙다는 표시가 들어가 있었다.

"정말? 정말이냐?"

"당연하지. 나라도 태클했을걸? 단, 아까 했던 것은 좀 오버였어. 하하하. 그러니까 딱 이번 한 번으로 교훈 삼기를 바란다."

그렇게 한 명이 나가고, 다른 한 명은 공을 찰 준비를 했다.

반디는 슈워프의 눈을 보았다.

페널티 킥을 막겠다는 의지는 불타올랐지만, 그는 금기를 범하고 있었다.

키퍼는 절대 키커의 눈을 똑바로 보아서는 안 된다.

차는 자와 막는 자의 처지가 달라서 속기 매우 쉬웠다.

그런데 아직 긴장이 풀리지 않아서인지 그는 바이에른 뮌헨의 페널티킥 키커의 눈을 정면으로 바라보고 있었다.

심지어 그가 공을 찰 때까지 계속 이어졌다.

텅! 소리와 함께 공이 발등에 정확히 맞았다.

그리고 키커의 눈에 느낌표와 당황함이 동시에 나타났다.

전혀 움직이지 않았던 골키퍼.

그가 정면으로 오는 공을 펀칭한 것이다.

키커는 잠시 멍하니 있다가 슈워프가 쳐 낸 공으로 뛰어갔지만…

쾅!

이미 안토니오가 공을 멀리 차 냈다.

머리를 감싸 쥐는 그의 귀에 누군가의 약 올리는 것으로 보이는 목소리가 들렸다.

"잘했어, 하하하. 잘했어! 어떻게 안 속았어? 비결이 뭐야? 킥킥킥."

타미가 상대 팀 선수들이 들으라는 듯이 독일어로 슈워프에게 이야기했다.

사실 슈워프가 한 것은 가만히 있는 것 이외에는 없었다.

공이 너무 정면으로 왔다.

속이려고 한 키커가 잔꾀를 잘 못 쓴 나머지 골키퍼를 오른쪽으로 막도록 유도한 게 실패해 버렸다.

이렇게 페널티 킥을 실패한 바이에른 뮌헨.

선수도, 벤치도, 그리고 관중도 침묵에 빠졌다.

"병신 새끼! 내가 차도 너보다 더 잘 차겠다."

"저 새끼, 이번에 방출해! 아오, 정말 미치겠네."

"우우우우우!"

이제 관중들의 야유는 레알 마드리드가 아닌 바이에른 뮌헨 쪽으로 이동했다.

특히, 남은 몇 분의 시간을 열 명으로 지키는 레알 마드리드를 제대로 공략 못 했을 때, 그 야유는 더 커졌다.

늘 그랬다. 기대가 크면 실망도 큰 법이었다.

올 시즌 성공적인 세대교체와 적수가 없다고 생각한 챔피언스 리그에서 패배 직전에 몰리자 당연히 관중들의 분노가 극에 달할 수밖에 없었다.

그리고…

"삑! 삑! 삐이이이익!"

심판의 휘슬이 공중을 갈랐다.

경기가 끝나고 다니는 패인을 묻는 기자들의 질문에 겸손하게 자신의 실수를 인정했다.

"물론 상대가 잘한 것도 있지만, 제가 못 했습니다. 너무 전략적인 부분만 고민하다 보니, 경기 내적인 준비를 미흡하게 한 것 같습니다. 흐트러진 팀 분위기를 수습해서, 2차전에 좋은 결과를 내기 위해 최선을 다하겠습니다."

한편, 체르니 역시 겸손하게 기자들의 질문을 받았다.

"운이 좋았습니다. 그리고 마지막에 잘 막은 골키퍼도 칭찬해주고 싶습니다."

"2차전은 어떻게 예상하십니까? 어떻게 준비하실 겁니까?"

"당연히 수비 위주로 가겠습니다. 홈이라 할지라도 바이에른 뮌헨의 공격은 매우 무섭거든요. 허허허."

믿지도 않을 연막작전.

체르니의 노회한 '수비' 언급 때문에 다음 날 신문의 메인은 레알 마드리드에서 2차전에는 수비적으로 나온다는 기사를 양산했다.

스페인의 언론들도 이것을 그대로 담아냈다.

"이야, 감독님 정말 대단하신데? 이렇게 되면 수비로 할지 공격을 할지 알 수 없잖아."

"심지어 우리도 알 수 없어. 하하하."

마리오의 말에 반디가 웃으며 반응했다.

특히 오늘은 회복훈련을 하는 상황이었다.

바이에른 뮌헨의 입장에서 답답한 점은 두 가지 전술 모두를 대비해야 한다는 점.

아무리 전술의 귀재라 하더라도, 다니는 인간일 뿐이었다.

사람의 마음속에 들어갈 수 없으니, 체르니의 전술을 추측해서 한 가지를 버리려고 했다.

그리고 드디어 산티아고 베르나베우 극장에서 레알 마드리드의 전술이 공개되었을 때, 다니는 저번보다 더 땀을 흘려야만 했다.

전원 공격이라는 초강수를 들고 나왔다.

레알 마드리드는 2-1로 이기고 있기 때문에 굳이 그럴 필요가 없었는데…

그래서 다니는 수비적으로 나오거나 공수 밸런스를 잡고 경기에 임할 줄 알았다.

하지만 허를 찔린 레알 마드리드의 공격 비중.

경기가 끝났을 때 스코어 보드에는 3-1이라는 숫자가 적혀 있었다.

레알 마드리드의 승리였다.

총합 5-2로 독일 분데스리가의 강자 바이에른 뮌헨을 좌절하게 하였다.

드디어 작년을 건너뛰고 다시 한 번 준결승에 진출한 레알 마드리드.

올 시즌 프리메라리가가 약세라는 세간의 평을 뒤집었다.

특히 정점으로 갈수록 올라갈 팀이 올라간다는 정설을 뒷받침했다.

올덴부르크는 첼시를 꺾고 2년 연속 준결승에 올랐다.

유벤투스는 레버쿠젠을 함몰시키며, 세리에 A의 부활

을 알렸다.

나머지 한 곳은 맨체스터 유나이티드.

올림피크 리옹은 그들의 상대가 아니었다.

이제 네 팀이 다 정해진 상황에서 레알 마드리드는 프리메라리가에서 전설을 쓰고 있었다.

거듭된 연승 행진으로 어느덧 23연승에 다다랐다.

언제까지 승리를 거둘지 모르겠지만, 일단 프리메라리가 팀들이 레알 마드리드를 제지하기 힘들다는 것만은 확실했다.

더구나 반디는 고삐 풀린 망아지처럼 계속 기록을 경신하고 있었다.

또 한 차례 한 경기 5득점이 나왔다.

그의 올 시즌 득점은 이제 59득점이 되었다.

리오멜의 73골에 열넷 득점만 남은 상황.

프리메라리가 경기가 다섯 경기, 코파 델 레이 경기가 세 경기, 그리고 챔피언스 리그 경기가 세 경기 남았다.

물론 이 중 두 개의 대회는 토너먼트였다.

따라서 많으면 총 열한 경기에서 적으면 아홉 경기였다.

언론과 대중들은 주목하고 있었다.

반디가 기록을 깰 수 있을지에 대해서.

경기가 거듭될수록 득점행진에 가속이 붙기 때문에, 깰 수 있다는 분석이 나왔다.

그런가 하면 프리메라리가 잔여 경기는 모르겠지만, 코파 델 레이나 챔피언스리그의 남은 팀들은 모두 강팀이라 어려울 수 있다고 말하는 전문가들도 존재했다.

무엇보다도 남은 경기 전부에 참가해야 하는데, 반디의 체력이 뒷받침되어 줄지는 미지수라는 메디컬 센터의 충고가 있었다.

"불가능하다는 말씀이십니까?"

"아니, 그게 아니라…."

반디의 눈빛을 보면 도저히 거절할 수 없게 된다.

세란테스로의 이야기였다.

레알 마드리드에서 메디컬 센터장을 맡은 그는 경기를 앞두고 계속 반디의 몸 상태를 검진했다.

다행히 현재까지는 나쁘지 않았다.

그렇다고 최상의 컨디션이라고 말할 수도 없었다.

그런데 묘하게 조심하라고 말한 날, 반디는 더 많은 득점을 했다.

"사실 기계는 기계일 뿐이야. 난 기계가 분석한 자료를 통해서 의견을 주는 일을 하지. 지금 네 상태는 충분히 경기에서 풀타임을 소화할 수 있어."

"그럼 됐죠, 뭐. 그리고 사실…."

"……."

"저도 기계랍니다. 하하하."

농담처럼 이야기하는 반디.

그런데 요즘 프리메라리가를 다루는 언론에서 반디의 별명이 생겼다.

'득점 기계.'

멈추지 않는 득점 행진에 기자들과 대중들이 그에게 붙여준 별명이었다.

세란테스로는 고개를 저으면서 웃었다.

"알았다, 알았어. 맞아. 기계가 기계를 어떻게 측정하겠어? 인간이면 모르겠지만. 하지만 매 경기 전 검진은 무조건 필수야. 그것만 지켜줘."

"당연하죠."

밝게 대답하며 메디컬 센터를 나오는 반디.

그의 발걸음이 빨라졌다.

오늘 준결승 상대가 결정되는 날이기 때문이다.

인터뷰할 때에는 남은 세 팀 중 아무하고도 상관없다고 했지만, 그의 마음속은 단 한 팀을 겨냥하고 있었다.

'유벤투스….'

조별 예선에서 한 번도 꺾지 못한 그 팀을 다시 한 번 만나고 싶었다.

이번 겨울에 좋은 선수를 보강해서 더 완성도 높은 팀으로 거듭났다는 소문도 들었다.

부딪히고 싶은 마음, 부수고 싶은 열망.

그 감정들이 소용돌이치며, 스포츠카의 가속기를 더 밟게 만들었다.

집에 도착했을 때에는 벌써 추첨이 진행되고 있었다.

이미 다른 한 조에서는 맨체스터 유나이티드와 올덴부르크가 맞붙게 되었다.

그렇다면 나머지는 당연히 레알 마드리드와 유벤투스다.

이번에는 반디가 원하는 대로였다.

퍼스트
터치 FIRST TOUCH

Chapter 68

유벤투스는 현재 세리에 A에서 부동의 1위를 달리고 있었다.

사실 전반기에 한 차례 패했다.

패배를 안긴 팀은 AS 파르마. 한때 돈이 없어서 하부리그로 떨어진 팀이었다.

그때 결정적 역할을 했던 선수가 한국 출신이었고, 유벤투스는 이번 겨울 휴식기에 그를 영입했다.

원래 챔피언스 리그에서 뛰던 선수였다면, 남은 경기에서 참여할 수 없었을 것이다.

하지만 AS 파르마는 챔피언스 리그 티켓을 따내지 못한 구단이었다.

따라서 현재 그 선수는 뛰는 데 아무 지장이 없었다.

오늘 그 선수를 집중적으로 파헤치는 전력 분석.

반디는 동영상을 보고 입을 열었다.

"어? 구면이네요. 예전에 AS 파르마에서 연습경기 했을 때, 본 친구잖아요?"

반디가 매력적인 눈썹을 살짝 올라갔다.

그 말을 받은 것은 현재 공격수의 부분전술을 책임지고 있는 코치, 페리오스였다.

"그래? 언제 했었는데? 아, 들은 적 있다. 재작년인가? 그 이전인가? 카스티야와 붙었다는 이야기를."

"맞아요. 그때 정말 잘하더라고요. 특히, 저 한국인 수비수가 이끄는 수비진형은 과거 이탈리아 특유의 카테나치오(빗장수비)를 보는 것 같았어요. 아주 공격을 질식하게 했죠."

반디는 갑자기 예전 생각이 떠올랐다.

당시 AS 파르마에서 가장 돋보였던 선수가 지금 동영상에서 플레이하고 있으니 감회가 새로웠다.

역시 뛰어난 선수는 언젠가 빛을 발하게 되어있었다.

"이름이 유인이라…"

"응. 한국 선수 이름에서 어떤 게 성인지 이름인지 모르겠네. 듣자하니 네 이름도 반디라고 들었어. 어디가 성이야?"

"저는 성이 따로 있어요. 파트리시오 데라산티시마잖아요. 킥킥킥."

스페인 이름은 아버지의 성과 어머니의 성을 모두 따르는 문화적 특성이 있었다.

그래서 익살스럽게 말한 것을 코치도 피식 웃으며 받았다.

"됐다, 됐어. 내가 그것을 알아서 뭐 하냐? 하하하."

다시 동영상을 재생했을 때, 유인의 플레이에 초점을 둔 그의 분석이 이어졌다.

유벤투스는 미드필더 조르지오와 스트라이커 카브레로의 호흡이 좋은 팀이었다.

그런데 유인이라는 한국 선수가 들어왔을 때, 더 완벽한 조합이 생겼다.

놀랍게도 그는 리베로의 자리에서 플레이했다.

4-1-4-1시스템에서 수비를 보호하고 빌드업의 시작점인 위치.

불과 이적한 지 몇 개월 안 된 선수가 그 역할을 맡는다는 것만 봐도 그가 출중하다는 것을 보여주는 장면이었다.

"이게 언어도 되어야 하고, 팀의 시스템을 완전히 다 꿰고 있어야 하는데, 지금까지는 큰 실수 없이 제 몫을 해내고 있지. 심지어 유벤투스는 이 선수를 영입하고 나서 한 단계 더 완벽해졌다는 전문가들의 평이 나왔어."

"그렇군요. 어쨌든, 제가 무력화시키면 전문가들의 칭찬을 뺏어올 수 있겠네요. 하하하."

코치는 다시 한 번 그의 자신감에 미소를 지었다.

맞는 말이었다. 새롭게 떠오르는 별이 반디를 막지 못할 경우 역시 대세는 반디라는 말이 나올 것이다.

이를 위해서 반디도 쉬지 않고 유벤투스의 경기 장면을 분석했다.

이제 반디도 경기를 보는 시야가 넓어졌다.

정확히 말하면, 한 시즌이라는 장기 레이스를 겪어보니 단순한 훈련보다는 상대 분석이 더 중요하다는 것을 깨달았다.

준결승에서 붙는 유벤투스의 핵심 선수들이 카브레로와 조르지오 같았지만, 사실은 유인이 자신의 큰 적수였다.

뚫으려 하는 사람에게는 막으려 하는 선수는 경기 중에 가장 자주 맞부딪힐 수밖에 없으니 말이다.

그래서 그의 패턴, 습성, 동선 등을 파악하려고 애쓰고 있는데…

"후우…."

반디답지 않게 자주 한숨이 나왔다.

뚫기 힘들다는 심리 때문이 아니라 도무지 그의 플레이가 예측할 수 없기에 자신도 모르게 나온 소리였다.

이렇게 막힐 때마다 그가 찾는 사람은 자신을 지도했던 스승들.

그 중 미구엘에게 발걸음이 먼저 가는 것은 어쩔 수 없는 일이었다.

마침 카스티야에는 다른 스승들도 한데 모여있었다.

그들은 오랜만에 반디를 보자 매우 반가워했다.

"야, 인기 스타가 되더니 점점 안 찾아와."

"그러게. 이제 우린 과거가 된 거야. 젠장!"

농담이지만, 뼈가 있는 이야기들.

반디는 살짝 미안했다.

"에이, 시즌 중이잖아요. 하하하."

"됐고… 오늘은 또 왜 왔니? 해결하고 싶은 문제가 또 뭔데?"

늘 냉정하다 못해 정곡을 찌르는 알폰소의 목소리에 반디는 쓴웃음을 지으며 찾아온 이유를 말했다.

"흠. 우리도 유벤투스의 플레이는 동영상으로 챙겨 보았다. 맞는 말이다. 그 한국인 선수의 플레이가 매우 독특하기는 했지. 그래서 낸 결론인데…."

반디의 집중력이 높아지고 있었다.

미구엘이 턱을 엄지손가락으로 만지면서 반디에게 해법을 제시하려는 것 같아서.

"네 플레이를 해라."

"……."

황당한 표정을 짓는 반디. 존경하는 스승에게 해답같지 않은 해답을 들었다.

미구엘은 그의 얼굴을 보고 웃음을 터트렸다.

"하하하. 내가 너를 놀라게 해보는구나. 항상 네가 나를 놀라게 했었는데."

"그게 지금 해답 같지 않아서 그렇죠."

"아니. 사실 그게 해답이다. 어차피 네 플레이는 쉽게 바꿀 수 없다. 이미 습관화되었으니까. 네가 어렸다면 모르겠지만, 이미 성장한 다음이다. 쉽게 고칠 수 없다."

"그래도….."

"그래도 타인의 플레이를 의식하면 안 되지. 거기다가 내가 봤을 때, 그 한국 선수는 신기하게도 그런 정형화라는 게 보이지 않는다. 리베로라는 포지션이 주어진 것도, 그곳 감독이 잘 배치한 것 같구나."

결국, 상대의 플레이를 읽으려고 애쓰지 말고 반디의 플레이에 힘을 더하라는 뜻이었다.

이제야 반디는 잘 알아들었다.

사실 남한테 맞춘다는 게 마음에 드는 것도 아니었는데, 최근 여러 부담감이 그를 짓누르고 있었던 것 같았다.

이제야 그가 무게를 내려놓는 것처럼 보이자 모인 스승들이 각각 그에게 격려의 한마디를 했다.

"솔직히 앞으로는 네 시대다. 굳이 두려워할 필요는 없어."

"슈팅 횟수도 늘었고, 왼발과 드리블이 무척 좋아졌더구나. 더군다나 상대에 대해서 이렇게 연구와 분석을 하니까, 슬럼프는 떠올리기도 힘들다."

"아마 상대도 너를 어떻게 막을지 고민하고 있을 거야. 그러니 자신감 가지고 플레이해라."

반디의 얼굴에 그려진 미소가 점점 커졌다.

명확한 해답을 얻지는 못했다. 아니 더욱 자신을 믿게 된다는 게 해답이었다. 그래서 큰 목소리로,

"당연하죠. 하하하. 그냥 요즘 얼굴도 한번 뵙고 싶고, 나중에 제가 바빠지면 이런 일화 정도는 남겨야 할 것 같아서 온 거예요. 그럼 전 이만 가보겠습니다."

멍한 얼굴을 한 스승들을 뒤로하고 웃으며 나오는 반디.

이제는 부상만 조심한다는 생각을 가졌다.

그렇다고 몸을 사리는 것은 없었다.

주말에 에스파뇰과의 경기에서 그는 활발한 플레이로 전반전에 두 골을 득점했다.

전반을 마치고 이미 3대 0으로 이기고 있는 상황에서, 체르니는 그에게 말했다.

"후반전에는 시돈차를 투입하겠다."

그의 선언에 고개를 끄덕이는 반디.

자신을 아낀다는 말로 알아들었다.

주중 챔피언스 리그 준결승을 위해서 체력을 비축하라는 의미였다.

더 뛰며 많은 득점을 올릴 자신은 있었다.

그렇게 된다면 올 시즌 목표했던 리오멜의 기록 경신에 한 걸음 더 나아간다는 것도.

그러나 부상 없이 한 시즌을 치르는 게 더 우선적인 일이었다.

이미 이번 경기를 앞두고 메티컬 센터장, 세란테스로가 그에게 경고했다.

풀타임을 뛰면, 분명히 유벤투스전 원정에서 문제가 생길 거라고.

반디는 쓸데없는 고집을 부리는 유형이 아니었다.

그래서 미소를 지으며 벤치에서 감상하듯이 팀의 플레이를 보았다.

"어때? 이렇게 벤치에 앉아서 보는 기분이? 색다르지 않아?"

"자주 있었던 일인데요, 뭐."

"아, 맞다. 저기 아구스틴 코치님이 카스티야에 있을 때, 너를 출전시키지 않으셨다며?"

씨날두는 오늘 아예 출전도 하지 않았다.

그 역시 주중 챔피언스 리그 준결승전을 위해서 체력을

비축하는 중이었다.

아무튼, 그가 가리키는 사람이 아구스틴.

목소리가 작지 않아서 아구스틴은 고개를 돌리며 인상을 썼다.

"그때는 어쩔 수 없었다고. 변명하자면, 내 뜻대로 쟤를 출전시키고 말고 할 힘이 없었어."

"네? 네… 네. 하하하. 그러시겠죠. 그래요. 킥킥. 그런데 저기 뛰는 선수들은 코치님을 좀 비난하던데…."

씨날두가 가리킨 그곳에 세베로와 앙엘이 있었다.

카스티야에 있을 때, 아구스틴이 다른 팀으로 임대 보냈던 세베로와 앙엘은 다시 돌아오지 않았다.

대신 지금은 에스파뇰에서 핵심적인 역할을 수행했다.

아무튼, 그들이 비난해도 할 말이 없는 아구스틴.

"그거야… 끙…."

입을 다물고 필드만 바라보았다.

사실 당시에 보드진의 압력도 있었지만, 그가 알아서 맞춘 점도 없진 않았다.

그 철학이 깨진 계기가 반디였고, 그 일로 인해서 그는 감독직에서 사임하기도 했다.

'지금 생각해보면… 그 정도의 난관이 반디에게 없었다면, 이렇게 성장하지 않았을 거야. 암, 그렇고말고.'

애써 자신을 위안하는 아구스틴.

사실 반디도 그를 원망하지 않았다.

아니 비슷한 생각을 하는 중이었다.

자신에게 적절한 난관과 도전이 없었다면, 분명히 지금처럼 성장하지 못했을지도 모른다고 여겼다.

이날 경기가 끝나고 집에 가서도 그 이야기를 가족과 함께 나누었다.

"어렸을 때가 생각나요. 누군가가 학교에서 저를 비웃었잖아요. 동양인 비하 발언과 함께."

"그때 아마 처음으로 네가 사람을 때렸지."

레오나르도는 맥주 한 잔을 목으로 넘기고 나서 입을 닦았다.

당시의 일이 새록새록 기억나는 것 같았다.

"맞아요. 하하하. 사실 일곱 살이어서 제가 분노를 조절하지 못했던 것 같아요."

"아니. 누구라도 그랬을 거다. 그리고 그게 없었다면, 지금의 너도 없었으니 난 다행이라고 생각한다."

오랜만에 아버지와 아들, 단둘이 맥주를 마셨다.

반디는 물론 평소에 거의 술을 입에 대지 않았다.

다만 오늘은 왠지 옛 생각에 젖어들고 싶었다.

그는 레오나르도의 옆 얼굴을 보았다.

아무리 생각해도 양부모를 잘 만나, 자신이 올바르게 성장한 것만 같았다.

그래서 더욱 고마운 마음이 가득했다.

"그때 제일 고마웠던 사람은 아버지였어요. 살짝 들었거든요. 담임 선생님께 하는 이야기를."

"그…래? 몰랐구나. 하하하."

쑥스러운지 레오나르도는 벌컥벌컥 맥주를 들이켰다.

반디는 그의 쑥스러움을 전혀 아랑곳하지 않고 계속 말했다.

"피부색으로 사람을 차별한 아이에게 아무런 교육이 없는 학교는 제가 싫습니다. 에스테반은 더 이상 이 학교에 보내지 않겠습니다."

반디는 레오나르도의 말투를 흉내냈다.

더더욱 레오나르도는 쑥스러워하며 시선을 허공에 두기 시작했다.

그런데도 아랑곳하지 않고 반디는 말을 이었다.

"그때 아버지가 한 말씀이시잖아요. 늘 그 말이 생각이 나요. 내가 아버지와 피부색이 다르고, 피가 섞이지 않았어도, 우리는 부자지간이라는 것을 그때부터 느꼈어요."

"험, 험. 화장실 좀 다녀오마."

이제는 도저히 못 듣겠는지 자리에서 일어나는 아버지를 보고 반디는 웃었다.

사실 많이 겪는 일이었다.

아직도 자신의 기사에 인종차별로 댓글을 다는 스페인 사람들이 있었으니까.

그러나 지금은 크게 상처받지 않았다.

그리고…

유벤투스 경기장에 갔을 때, 그는 반대의 일 때문에 깜짝 놀랐다.

여러 개의 큰 피켓에 이렇게 적혀 있었다.

– 우리는 인종차별을 하지 않습니다.

반디의 눈에 보인 피켓은 최근에 달리기 시작한 것이다.

그리고 그 핵심은 바로 유인이라는 한국인 때문이었다.

인종차별을 하지 말아 달라는 그의 호소.

매우 적극적이었으며, 팬들에게도 잘 전달되었다.

"이제 하나는 알겠군. 저 친구가 클럽의 영향력이 적지 않다는 것을."

씨날두가 경기 시작 전에 페드로와 몸을 풀면서 말했다.

시선은 상대편 진영에 가 있었다. 그곳에 공을 주고받는 한 선수의 모습이 보였다.

"체격이 나쁘지 않네요. 185cm라고 들었는데."

"오오, 그래도 신경이 쓰였나 봐. 조사 많이 했는데?"

"당연하죠. 전 항상 상대 수비수에 대해 철저히 분석합니다. 이게 바로 프리메라리가 최고 골잡이의 미덕 아니겠습니까?"

"윽, 미치겠다. 괜히 말했다."

되로 주고 말로 받는다고, 씨날두의 한 마디에 이때다 싶어서 페드로가 자랑삼아 으스댔다.

그 모습이 꽤 얄미워 보여서 씨날두는 이렇게 쏘아붙였다.

"그런데 프리메라리가 최고 골잡이라는 말은 누가 붙인 거야? 엄연히 반디가 있는데?"

"아, 내가 '미래의'라는 말을 뺐구나."

페드로는 옆에서 웃고 있는 반디의 눈치를 보며 어디론가 달려갔다.

사실 반디에게 그 정보를 들었다.

최근 유인이라는 한국 선수가 국가대표에 뽑혔다는 이야기까지도.

정확히 말하면 그가 AS 파르마에 있을 때부터 박정이 눈여겨보고 국가대표로 발탁했다.

원래 붙박이 국가대표였던 올덴부르크 출신의 유연우와 호흡이 잘 맞는다는 평가가 많았다.

여기까지가 반디의 조사였다.

이제 몸으로 느낄 차례였다. 그에 대한 평가가 과장인지, 아니면 오히려 과소평가 되었는지에 대해서.

"삐이이이익!"

경기를 재촉하는 심판의 호루라기가 울렸다.

선공은 유벤투스.

카브레로가 공을 뒤로 돌렸고, 공의 임자는 조르지오가 되었다.

클럽 간 국제 대회에서 선수들끼리 만나는 것이 자주 발생할 리가 없었다.

그 확률 낮은 상황에서 반디와 조르지오는 이번이 네 번째 만남이었다.

첫 번째, 유소년 챔피언스 리그 결승에서는 반디의 승리.

그리고 두 번째, 세 번째 연속 무승부였다.

반디의 눈에 조르지오의 강력한 투지가 엿보였다.

'오늘만은 너를 이겨주마.' 라고 눈으로 말하는 것 같았다.

하지만 반디도 지고 싶은 생각이 전혀 없었다.

시작하자마자 타이트한 전방 압박을 하는 이유도 이 때문이다.

그의 압박 때문인지 공은 바로 뒤로 빠졌다.

4-1-4-1시스템에서 드디어 리베로에게 공이 갔다.

탄탄한 몸에 붉은 머리로 염색한 이십 대 중반 동양인이 오늘 처음 공을 잡았다.

"와아아아아!"

관중들의 함성이 유독 더 커진 것은 반디의 착각일까?

아무튼, 들리는 그 함성을 뚫고 반디 역시 앞으로 더 나아갔다.

물을 잔뜩 뿌려놓은 잔디가 푹푹 들어갔지만, 개의치 않고 투지를 발휘했다.

유인은 공을 놓고 자신이 다가오기를 기다리는 모습이었다.

그러다가 바짝 세워놓고 패스하리라 여긴 반디였다.

더군다나 왼발을 올린 정도가 롱 패스를 위한 높이였는데, 반디의 예상이 빗나갔다.

혹시나 몰라서 잠시 주춤한 반디를 두고 그는 드리블하기 시작했다.

"와아아아아!"

다시 한 번 관중들의 함성이 유벤투스 스타디움을 가득 메웠다.

반디는 턴하며 그를 쫓았다.

공격 진영에서 수비수에게 달려들 때, 다시 빼앗아온다는 생각을 한 번도 안 한 적이 없었다.

물론 그가 멀리 찰 경우 닭 쫓던 개가 된다.

지금도 마찬가지다. 유인의 정확한 롱패스가 앞을 향해 나아가자 반디는 일단 달리기를 멈추었다.

더 힘을 빼고 싶은 생각은 없었다.

경기는 90분. 아직 가야 할 긴 여정이 남아 있었다.

정지해 있는 것은 아니었다. 몸을 움직이면서 물끄러미 보고 있는 가운데 틈이 나면 공간을 찾아 들어갔다.

그런데 오늘은 먼저 공간을 점유하는 이가 있었다.

그게 바로 유인이었다.

슬슬 승부욕이 동했다. 자신을 마크하기 위해 나온 것은 아닌데, 신기하게 자주 부딪혔다.

아직 소강상태였기에 공이 없는 상황에서 말을 걸어 본 반디.

"저도 한국말 할 줄 압니다. 하하하."

그 말을 듣고 유인이 물끄러미 반디를 바라보았다.

"알고 있습니다."

약간 무표정한 얼굴로 대답하는 그가 다시 시선을 돌려 전방을 바라보았다.

사실 반디도 시선을 돌려야 했다.

안토니오의 롱패스가 레알 마드리드 진영에서 떠났으니까.

타닷!

먼저 달린 것은 반디였다.

주력에 자신이 있었다. 따라올 테면 따라오라는 심정으로 공을 향해 달려갔다.

그리고 적진 깊숙이 떨어진 공.

통! 한 번 튕겼을 때, 반디는 발을 뻗었다.

그 옆에 유인 역시 같이 발을 뻗었다.

턱. 뻗으면서 강력하게 도전해 오는 몸싸움에 반디가 끝끝내 버티면서 공을 먼저 터치했다.

그때 유인의 입에서 능숙한 이탈리아 말이 나왔다.

반디는 그 말을 알아듣지 못했지만, 느낄 수 있었다.

자신의 앞에서 두 명의 수비수가 자세를 낮추고 기다리고 있었기에.

즉, 유인은 그들에게 지시한 것이다.

그렇다고 해도 속도를 늦출 생각은 없었다.

이미 세 명에게 둘러싸였다면, 다른 곳에 공간이 생길 것으로 예상했다.

이럴 때에는 시선도 돌리지 않고 패스하는 게 훨씬 나았다.

항상 손발을 맞추던 씨날두가 그곳에 있을 것으로 믿고 넣은 패스가 요즘은 거의 다 먹혔다.

그런데…

턱! 하고 공이 걸렸다.

반디의 발에서 나아간 공이 씨날두에게 가기도 전에 조르지오에게 차단당한 것이다.

이번 공격 속도가 느린 게 아니었는데, 그가 거기에 있다는 뜻은 씨날두만 보고 달려왔다는 의미였다.

"음…."

멀리서 이 장면을 보던 체르니의 입에서 침음성이 나왔다.

"분석을 많이 했군요. 저희도 하노라고 했는데, 저쪽 역시 엄청나게 한 모양입니다."

아구스틴의 말에 체르니는 고개를 저었다.

"류가 지시했어."

"류요?"

"이탈리아에서 저 한국인 선수를 '류'라고 불러."

"아… 네."

아구스틴은 고개를 끄덕이면 체르니가 이탈리아 출신이라는 것을 다시 한 번 상기했다.

멀리서 유인이 외치는 여러 가지 지시를 들었음이 분명했다.

팀에 합류한 지 얼마 안 되었다고 들었는데, 벌써 많은 선수가 따르고 있었다.

"한국 선수는 매우 예의 바르고 양보심이 강하다고 들었는데, 다 그런 것은 아닌가 봅니다."

"옛날이야기지. 아니면 해외에서 버티는 선수들은 그런 성격이 아닐 수도 있고. 최소한 저기 보이는 '류'는 아닌게 확실하네. 거기다가 매우 공격적이야. 벌써 몇 번이나 수비 위치를 벗어났어."

그의 말대로 유인은 현재 레알 마드리드 깊숙한 진영에

와 있었다.

반디 역시 이번에는 수비를 도우러 들어왔다.

선취득점은 아무리 강조해도 지나치지 않을 정도로 중요했다. 그러니 선취실점도 하지 말아야 했다.

이번에는 예감이 좋지 않았다. 심지어 페널티 에어리어까지 가는데 아무도 유벤투스 선수들을 막지 못했다.

"막아요! 거기잖아요! 패스가 왼쪽으로 갈 거란 말이에요!"

어떻게 알았는지 반디는 팀의 왼쪽 풀백에게 외쳤다.

하도 동영상을 보아서 유인의 발동작을 익힌 것 같았다.

최소한 상대의 플레이를 본 효과는 남아 있었다.

문제는 그의 말이 끝났을 때, 이미 공은 유벤투스의 왼쪽 윙에게 갔다는 점이다.

슈우우우웅!

받자마자 한 번 툭 치고 바로 크로스를 올렸다.

반디는 페널티 에어리어로 들어갔다.

이번에도 예감이 좋지 않았다.

한발 늦은 점도 안타까웠다. 유인이 먼저 페널티 에어리어 안에서 러닝점프를 하는 것을 지켜볼 수밖에 없는 심정은 속으로 주문까지 외우도록 했다.

'제발… 제발'

이미 유인의 몸이 공중에 뜬 상태.

안토니오가 막으러 왔지만, 생각보다 훨씬 높은 타점에서 공을 붉은 머리의 한국 선수가 공을 맞혔다.

퉁!

베른하르트였다면 막았을까?

그것은 알 수 없었다. 어차피 축구 결과에서 '만약'이란 말은 없으니까.

그러나 공이 머리를 맞고 골대 안으로 들어가는 그 상황에서 선수들은 슈워프보다 베른하르트를 마음속으로 부르짖고 있었다.

그것은 반디도 마찬가지였다.

이번에는 슈워프가 한계를 느끼고 절대 막지 못한다고 생각했다.

그런데…

팅!

가까스로 골키퍼의 손가락에 걸리더니 결국에는 골라인 아웃을 만들어냈다.

"이야아아! 슈워프! 잘했다, 잘했어. 하하하."

반디는 그의 머리를 쓰다듬으며 기쁨을 표현했다.

그러고 나서 붉은 머리를 보았다.

그는 또 이탈리아어로 선수들의 위치를 조정해주는 모습이었다.

'이거였어… 그의 플레이가 매번 달라진다는 이유가….'

반디는 이제야 깨달았다.

전력 분석할 때에는 이렇게 지시하는 모습이 담겨 있지 않았다.

플레이하는 것 위주로 편집되어 있으니, 당연히 그의 지시 내리는 장면이 생소할 수밖에 없었다.

누군가에게 지시하고 나서 그는 빈자리를 메우려고 노력했다.

이것이 차이를 만들어 냈고, 매번 경기 스타일이 바뀐 것의 원인이었다.

조금 전에 갑자기 튀어 나가서 페널티 에어리어의 결정적인 슛을 한 것도 마찬가지.

아마도 카브레로와 조르지오에게 수비를 이끌어 내고 그 틈을 찌른 게 분명했다.

"류우우우…."

반디의 귀에 들리는 관중들의 외침이 웅웅거리면서 들려왔다.

유인을 부른 소리였다. 1월 1일 이적한 그가 4개월 만에 이 많은 관중을 자신의 편으로 만든 게 새삼 대단해 보였다.

질 수 없다. 반디의 눈빛이 변했다.

코너킥이 시작되기 전 그의 옆에 대기한 것은 물론이다.

"뭐 해? 공격 준비 안 해?"

"잠시, 한번 겨뤄보고 싶어요. 승부욕 올라오거든요."

"참 내…."

안토니오는 어이없다는 눈빛을 내비쳤다.

그래도 더 잔소리하지 않았다.

늘 그랬지만, 반디의 승부욕은 어쩔 수 없었다.

더군다나 살짝 자신이 없었다.

아까 본 유인의 점프 능력이 꽤 타점이 높았던 것이다.

지금도 코너킥으로 꺾여 들어오는 공을 향해 솟구친 높이가 장난이 아니었다.

퉁! 먼저 그것을 해치운 반디가 아니었다면, 이번에도 그의 머리에 결정적인 기회를 주었을지도 모른다.

반디의 머리를 맞은 공은 페널티 에어리어 밖으로 떨어졌다.

공을 잡은 것은 페드로. 그의 전력질주가 시작되었다.

유인은 가만히 보고 있지 않았다.

또 뭐라고 외치면서 그 역시 빠른 속도로 유벤투스의 진영으로 뛰어가고 있었다.

반디 역시 마찬가지다.

"네 옆에 내가 있다는 것 잊지 마!"

페드로에게 최선을 다해 외치면서 달려갔다.

시선을 왼쪽으로 돌리니, 씨날두도 나란히 달리고 있었다.

레알 마드리드의 삼각편대의 위용이 서서히 드러났다.

세 개의 탄환.

그것이 유벤투스의 골문을 향해서 날 듯이 접근했다.

"우우우우우!"

관중들이 어떻게든 그들을 저지해보려고 야유를 하기 시작했다.

그중에는 동양인의 음성이 많이 섞여 있었다.

이탈리아에 사는 교민과 한국의 원정 축구팬들이 유인을 응원했다.

반디를 응원하는 한국 팬의 음성과 맞물려 경기장은 금세 뜨거워졌고…

페드로의 크로스가 올라오면서 반디와 씨날두가 페널티에어리어 안에서 점프했다.

가장 먼저 씨날두의 머리를 빗겨 맞았다.

그리고 방향이 꺾이자 이때다 싶어서 달려든 선수가 유인.

그러나 공의 어느 부분을 맞았는지, 골문 바깥쪽으로 휘기 시작했다.

가까스로 맞추기는 했지만, 하필이면 반디가 있는 방향으로 공이 튕겨갔다.

턱. 가슴으로 반디가 받았을 때, 골키퍼는 앞을 향해 전진했다.

다른 수비수 모두 반디를 향해 좁혀 들어갔을 때, 가슴에서 떨어진 공이 반디의 발에 맞았다.

속도와 정확성을 모두 겸비한 슛.

철썩!

그물을 출렁이게 하며 반디의 두 손이 하늘을 향해 뻗어 갔다.

마드리드에서 원정온 팬들과 한국인들이 환호를 질렀다.

그중에는 아까 유인을 응원하는 이들도 있었다.

그들에게는 누가 잘하든 상관이 없는 모양이었다.

한국인의 피가 섞여 있기만 하다면.

그래서 골 세레머니를 하는 와중에 반디는 깊은 인상을 받았다.

예전 U-20 청소년 대회에서 느낀 감정이라고나 할까?

관중들의 얼굴에서 비슷한 종류의 공감을 느꼈다.

알 수 없었다. 이런 것이 무엇인지.

툭.

"이 봐. 그만 네 진영으로 가라고. 이번에는 내 차례야."

그의 어깨를 살짝 치는 사람이 있었기에, 시선은 관중석에서 뒤로 흘러들어 갔다.

그였다. 이름이 유인.

자신에게 한국어로 처음 말을 걸었다.

중저음의 목소리가 귀에 박혔다. 붉은 머리와 함께 쉽게 잊히지 않을 것 같았다.

그뿐만이 아니었다. 그는 관중석으로 가서 두 손을 높이 들며 손뼉을 쳤다.

짝짝짝짝짝.

"유벤투스!"

짝짝짝짝짝.

"유벤투스!"

그게 신호였는지 관중들은 답례로 그에게 유벤투스를 외쳤다.

카리스마라는 말이 딱 어울리는 그의 모습.

반디는 그를 잠시 살펴보며 뒤로 물러났다.

그 이후에는 소강상태였다. 전반전이 끝날 때까지.

그리고 후반전 들어가자마자 유벤투스의 진형이 변해 있었다.

선공은 레알 마드리드였는데, 가장 앞선에 나온 사람은 유인이었다.

압박이 공격 1선부터 시작된다는 의미는 후반전에 반전을 노리겠다는 뜻이다.

다만 유인이 앞에 나왔다는 것이 반디의 눈에 색다르게 비쳤다.

그의 포지션 개념은 거의 없어 보였다.

감독의 배려로 자유롭게 뛸 수 있는 것을 보니 새삼 부럽기도 했다.

그러다가 떠올렸다.

감독님이 자신에게 포워드의 위치만 고수하라고 한 적이 있었는지.

거의 그 말은 하지 않았다.

전술 훈련을 할 때에도 체르니는 반디에 대해서 특별한 터치를 안 했다.

그래서 유인을 보는 그의 눈에 집념이 스며 나왔다.

물론 약간 늦은 감은 있었다.

시작하자마자 그렇게 압박한 유벤투스의 공격진에서 득점 기회를 맞이했다.

크로스가 올라가고, 카브레로의 머리에 맞은 것을 안토니오가 경합해서 부정확한 슛이 되게 했다.

그런데 흘러나온 것을 유인이 중거리 슛을 날렸다.

출렁!

이번에는 슈워프도 어쩔 수 없었다.

공이 절묘하게 떨어지면서 가장 잡기 힘든 곳에서 바운드 되었으니.

"류우우우우우우!"

"류우우우우우우!"

경기장 내에서 그를 부르는 관중들의 함성이 한 번 더

터져 나왔다.

가히 신드롬 같았다. 이름을 붙이자면, 류신드롬.

경기를 다시 원점으로 돌리는 동점 골이었다.

그리고 그 득점 이후에 유인은 수비수인지 공격수인지 모를 위치에 서 있는 것은 여전했다.

이제 반디는 확실히 그의 존재감을 의식할 수밖에 없었다.

그러나 아까와는 다른 의식, 즉, 좀 더 자유로운 플레이를 한다는 점에서 반디의 플레이도 변해갔다.

이번에는 유인의 눈동자에 놀람이 떠올랐다.

반디의 위치가 시시각각 변했다.

어느 때인가 수비 위치에 가 있더니, 이번에는 미드필드에 와 있었다.

슬슬 유인이 움직이기 시작했다.

반디가 먼저 가면 그가 뒤를 쫓았다.

이것을 선택한 이유는 간단했다.

반디를 놓치기 시작하면 경기의 흐름을 레알 마드리드에 다시 빼앗기게 되는 것이다.

결국, 어쩔 수 없이 그는 자신의 자유를 포기할 수밖에 없었다.

이번에는 반디의 시도가 먹힌 것이다.

물론 반디는 의도하지 않았다.

그는 오히려 유인에게 한 수 배운다는 자세로 임하기 시작했다.

자유로운 포지션 체인지. 반디도 아주 가끔 해 보았지만, 그의 플레이는 매우 인상 깊었다.

그래서 다짐했다. 이번 기회에 배우겠다는 심리.

그것은 순간적으로 든 감정이요 생각이었다.

될지 안 될지 모르지만, 한 번 해보겠다는 반디의 도전의식이 불러온 플레이.

그게 유인의 놀라움을 이끈 것이다.

이제 씨날두를 안쪽으로 밀어내고 왼쪽에서 드리블하고 있었다.

그 옆에는 풀백을 뒤로 돌리고 반디의 플레이를 따라잡는 유인이 존재했고.

둘의 플레이가 경기를 보는 관중들에게 풍성함을 제공했다.

물론 감독들은 피를 말렸다.

1-1 승부가 이어지면서 시간은 10분도 채 남지 않았다.

이제 한 골 차가 승부를 가린다.

그렇게 되면 좀 더 유리한 상황에서 2차전을 준비할 수 있었다.

두 팀 다 현재 리그 1위를 거의 굳힌 상황이다.

챔피언스 리그에 집중할 수 있는 환경은 충분히 조성했다.

그렇다면 유리한 상황에서 준비하는 팀이 확실히 한발 앞서 가게 된다.

이게 바로 감독의 두 손에 땀이 고이는 이유였다.

다행인지 불행인지 더 점수가 나지 않았다.

반디와 유인의 승부도 무승부였으며, 레알 마드리드와 유벤투스는 이번 시즌에 세 번째 비겼다.

어쩌면 막판에도 승부를 가리지 못할 수도 있었다.

사실 그에 관한 논의가 레알 마드리드의 전술 회의에서 이루어지고 있었다.

아구스틴은 얼굴을 붉히면서 주장했다.

"비기는 작전이라니요? 0-0으로? 그것은 말도 안 됩니다. 홈 경기예요. 올 시즌 공격력은 반디를 중심으로 사상 최고 득점을 이루고 있고, 미드필더도 최고의 컨디션입니다. 굳이 저희가 비기는 경기를 갈 필요가 없습니다."

페리오스 코치 또한 그의 의견을 맞받아쳤다.

"저야말로 비기는 작전이라고 말씀하시다니, 정말 오해를 심하게 하시는군요? 수비를 강화하자는 겁니다. 저번 경기에서 보시지 않았습니까? 유벤투스의 철벽 수비. 유인이라는 선수가 때로는 뒤로 들어가서 파이브 백이 될 때, 뚫기 힘들었습니다. 더군다나 갑자기 나오는 그 선수의 역습 전개는 매우 스피디했지요. 잘 못 하다가는 한 점을 먼저 빼앗길 경우, 만회하기 힘든 상황으로 돌변하게 됩니다."

"왜 이렇게 부정적이십니까? 이미 한 번 겪었으니, 오히려 저희 공격진이 해답을 얻었을 거라는 생각은 안 해보셨나요? 반디와 씨날두, 그리고 페드로 등, 올 시즌 얘네들이 같은 팀에 두 번이나 당한 적은 없습니다."

둘은 첨예하게 의견을 대립했다.

체르니는 만면에 미소를 지으면서 그 둘의 이야기를 전부 귀담아듣고 있었다.

그러다가 서서히 잦아들기 시작할 때, 드디어 한마디 했다.

"둘의 의견이 맞네. 그런데 한 전술에 초점을 맞춰서는 곤란해. 이건 전술보다 전략 승부이거든. 일단 여러 전술을 준비하고 나서 시시각각 상황에 맞게 적용하는 게 제일 좋은 방법일 거야. 다행히 이번 리그 경기로 우리는 우승을 확정 지었네."

체르니의 말을 듣고 두 사람은 고개를 끄덕였다.

챔피언스 리그 결승을 마치고 나서 치른 35라운드 경기.

레알 마드리드는 주전급을 다 빼고 나서도 승리를 거두었다.

반디는 막판에 들어가서 두 골을 넣는 괴력을 발휘했다.

이제 언론은 여러 명의 스페인 선수를 집중 조명하며, 다음 월드컵의 대안으로 삼기 시작했다.

현재 디에구스타의 나이가 점점 들어감에 따라서 새로운 스트라이커가 필요하다는 이야기.

물론 유벤투스의 카브레로는 올 시즌 최고의 커리어 하이를 보내고 있었다.

"그런데 지난 경기를 보십시오. 이미 에스테반 선수의 기량이 더 나았다는 것을 증명하지 않았습니까? 오히려 유벤투스의 에이스는 조르지오나 유인 선수였습니다."

"그런가요? 그렇다면 올덴부르크의 호아킨 선수는 어떤가요?"

"그 선수 역시 훌륭합니다. 분데스리가에서 득점 1위에 올라섰다는 뉴스도 보았습니다. 나이도 에스테반 선수보다 더 많죠. 딱, 적당할 때입니다."

반디는 TV에서 나오는 축구 토론 방송을 보고 있었다.

요즘 다시 화두가 되는 대표 문제.

지난번 스페인 국가대표 감독이 왔을 때, 그는 단호하게 의사표현을 했다.

미드필더로 뽑힐 바에야 아예 스페인 대표를 거부하겠다.

그게 반디의 태도 표명이었다.

그리고 이렇게 시간이 흘렀다.

이제는 언론과 대중이 그와 호아킨에게 기회를 주어야 한다고 말하고 있었다.

이 무렵 반디는 호아킨이라는 선수에게 눈이 갔다.

어쩌면 결승전에서 만날지도 모르는 올덴부르크의 주포.

그곳에는 지난 발롱도르 수상자 막스도 있었다.

신기한 일이었다. 처음부터 유명한 선수가 아닌, 평범하거나 그 이하의 선수를 올덴부르크는 스타로 키우다니.

갑자기 올덴부르크의 시스템이 매우 궁금해졌다.

정확히는 그 선수를 발굴한 박정이 머리에 떠올랐다.

감독 박정.

지난번 유인에게서 그의 모습이 보였다.

자신과 완전히 스타일이 다른 감독이라고 여기고 거리를 둔 반디였는데, 최근에는 호기심이 부쩍 늘었다.

전술, 선수 발굴, 그리고 카리스마.

이 모든 것에서 현존하는 감독 중 최상위에 올라있다는 평가가 한국인 감독에게 쏠렸다.

잔잔한 마음에 파랑이 일었다.

물론 아직도 그는 한국 대표팀을 자신과 거리가 먼 곳이라고 여겼다.

그런데 방송 끝마무리에서 스페인 감독, 파블로의 인터뷰는 이제 그에게 많은 선택권이 있다는 것을 증명하고 있었다.

― 저는 디에구스타와 카브레로를 믿습니다. 그 선수들

의 경험은 그 어떤 신예가 대체할 수 없는 부분입니다.

반디의 눈빛이 변했다.

이해하려면 충분히 이해할 수 있는 발언이었다.

만약 반디가 대표였을 때, 자신의 감독이 다른 선수를 주시하고 있다는 말을 한다면, 매우 섭섭했을 것이다.

마찬가지로 지금 저 방송을 디에구스타와 카브레로가 본다면, 현재 파블로를 확실히 신뢰하게 되리라.

다만 반디에게는 좀 더 시간을 가져야 하는 내용으로 다가왔다.

이제 선택권이 그에게 있는 게 아니라 자신에게 있다고 여겼다.

그래서 헤수스에게 전화가 왔을 때에도 그는 살짝 본심을 감췄다.

(혹시 방송 봤냐? 너도 알고 있지? 아무리 그래도 현재 국가대표 선수를 신뢰한다는 이야기를 해야 하거든. 하지만 파블로가 저번에 와서 그러더라. 다음에는 너를 선발하고 싶다고. 미드필더가 아니라… 반드시 포워드로!)

"아, 그래요? 하하하."

마지막에 힘을 줘서 강조하는 헤수스의 말에 반디는 웃음을 들려주었다.

(그러니까 딴 생각하지 마라. 알겠지?)

"딴 생각이라니요? 지금 제 머릿속에는 무조건 챔피언

스 리그 우승밖에는 없습니다. 그리고 발롱도르도요!"

힘주어 목표를 다시 이야기하는 반디의 얼굴에 진지함이 서렸다.

전화를 끊고 나서 그가 가장 먼저 한 일은 TV를 끄는 일이었다.

일단 신경이 분산되는 것을 당분간 머리에서 비우는 게 플레이하는 데 도움이 될 수 있었으니까.

그리고 챔피언스 리그 준결승 2차전이 다가왔다.

다른 장소에서 거의 비슷한 엔트리의 충돌.

지난 1차전은 단지 예고편이었을 뿐이다.

퍼스트 터치
FIRST TOUCH

Chapter 69

비슷한 엔트리였지만, 포메이션의 변화가 있었다.

레알 마드리드는 마치 제로톱과 같이 경기를 운영했다.

그 이야기는 곧 반디의 포지션이 살짝 처져있다는 뜻이었다.

"라인 지켜요! 라인!"

더군다나 가끔 이렇게 반디의 입에서 나오는 목소리가 필드에 울릴 때면, 선수들이 그를 중심으로 상대의 공격을 막아냈다.

반디는 체르니가 지시한 전략을 떠올렸다.

- 이제 레알 마드리드는 네가 중심이다. 그 누구도 부정할 수 없다. 필드 위에서 하고 싶은 대로 다 하거라.

재미있는 말이었다.

상대편에 유인이라는 리베로가 있다면, 레알 마드리드에는 자신이 그를 맞상대해서 자유롭게 경기를 운용하라는.

결국, 체르니는 그에게 판을 깔아준 셈이었다.

펼쳐진 무대에서 반디는 경기 조율에 나섰다.

상대의 예봉을 꺾고 선취 득점하려는 방법.

제로톱을 완벽하게 이행하면서 공격 1선과 2선을 넘나들었다.

그의 눈에 유인이 비쳤다.

유벤투스 역시 오늘 새로운 전술을 들고 나왔다.

포백과 쓰리백을 동시에 사용했다.

이게 말이 쉬웠지, 선수의 이해도가 높지 않을 경우 잘못하면 수비조직력의 붕괴가 일어난다.

유인은 포백의 중심이었다가, 쓰리백으로 변할 때에는 좀 더 앞선에 나섰다.

물론 반디의 변화한 모습에 그 역시 초반에는 당황한 모습이었다.

그러나 뭐라고 외쳐대면서 곧 중심을 잡았다.

반디의 얼굴에 미소가 떠올랐다. 역시 만만치 않은 상대였다. 그것이 기분이 좋은 모양이었다.

"씨날두!"

"오케이!"

그래도 상대를 살펴보며 할 것은 다하고 있었다.

자신의 발밑에 공이 오자 씨날두의 이름을 불렀다.

미리 계획된 2선 라인에서 1선 침투. 그 패스가 반디의 발에서 이어지면서 대각선으로 컷인하는 씨날두의 발에 아주 알맞게 공이 떨어졌다.

보폭을 좁히면서 유인과 상대하는 씨날두의 모습에 뒤로 돌아가는 반디가 손으로 신호했다.

포백 중 둘이 반디의 양옆을 잽싸게 막아냈다.

빗장수비의 본고장에서는 이런 일쯤은 아무것도 아니라는 모양새.

하지만 곧 그들의 얼굴에 당황함이 깔렸다.

패스가 반디에게 온 것이 아니라 오른쪽에서 침투한 페드로에게 이어졌기에.

지난 시즌 한때 중앙 미드필더로도 뛰어본 씨날두였다.

공급과 경기운용을 하지 못한 게 아니라 잠시 다른 역할을 했었던 올 시즌이었고.

그래서 정확하게 자로 잰 패스가 페드로의 앞에 떨어졌으니, 이제 상대 팀 입장에서는 발등에 불이 떨어졌다.

"태클…."

유인의 외침이 반디의 귀에 들렸다.

골키퍼가 나오는 모습이 반디의 눈에 보였다.

그 상황에서 페드로의 패스만 왔다면, 자신을 막고 있는 수비수들의 시선이 잠시 분산된 틈을 타서 완벽한 득점을 할 수 있었는데…

"아…."

안타깝게도 슈팅을 한 페드로의 욕심.

선방한 골키퍼도 칭찬할만했지만, 매우 아쉬운 마음이 가득했다.

"미안! 미안하다!"

표정을 읽은 페드로가 매우 미안한 얼굴로 반디에게 외쳤다.

"괜찮아. 다음에도 강슛해. 알았지?"

미소를 지으면서 친구의 사과에 답변한 반디.

그 모습을 보면서 씨날두 역시 흐뭇한 모습을 보였다.

리더로서 반디의 인생이 개봉박두한 느낌.

씨날두 뿐만 아니라, 타미와 안토니오도 모두 인정했다.

다시 1선의 수비라인을 구축하면서 지시를 내리는 모습도 매우 인상적이었다.

유벤투스의 진영에서 공을 끌고 나오는 시간이 이 때문에 지체되었다.

그래도 반디는 완벽한 봉쇄를 하지 못한다고 생각하고 있었다.

최소한 상대의 장기는 숏패스가 아니라 롱패스였기에.

그런데다가 앞 선에서 다소 거친 몸싸움이 나단의 경기 운용 능력을 봉쇄했다.

지난 1차전에서도 그랬지만, 나단은 유벤투스와의 경기에서 제 기량을 선보이지 못하고 있었다.

1억 유로의 사나이에게 기복이 있다는 말은 매우 자존심이 상하는 일.

본인은 제대로 경기가 풀리지 않을 때마다 짜증스러운 얼굴을 보였다.

반디는 그래서 그 주변에 밀착해 있었다.

"나단! 상관없으니까 빠른 패스 부탁!"

나단이 반디의 얼굴을 바라보았다.

'나를 믿어. 믿고 빠르게.'

반디의 얼굴에 그 말이 쓰여있는 것처럼 보였다.

고개를 끄덕였다. 사실 나단의 패스 능력은 매우 발군이었다.

상대의 받을 능력을 알아보고 패스의 속도를 조절한다.

이것이 쉬운 일은 절대 아니다.

패스의 방향과 타이밍은 연습하면 늘 수도 있지만, 속도 조절은 말과는 달리 발이 결정하기 때문에.

평소에 나단은 곧잘 그것을 해냈다.

심지어 조별 예선에서 유벤투스전에서도 나단의 활약은 인상 깊었다.

그런데 지난 1차전에 이어 유벤투스와의 경기에서 그게 안 되는 이유는 조르지오의 강한 압박 때문이었다.

조별 예선에서는 조르지오가 할 일이 많았는데, 지금은 유인이 그것을 분담했다.

따라서 좀 더 앞선에서 나단이 자유롭게 패스하는 것을 압박하니, 나단의 장점이 점점 빛을 잃어가고 있었다.

지금 반디가 다가와서 한 말은 상대에 맞추지 말고 알아서 하라는 의미였다.

최대한 빠른 패스. 그것을 자신이 받아내겠다는 뜻이었고, 나단의 원터치 빠른 패스가 드디어 이행되기 시작했다.

쉬이익. 소리가 들리는 듯하였다.

나단의 발에서 시작된 패스가 반디의 앞까지 전달되어 가는 공.

그렇게 나오는 소리가 반디의 발에 닿자마자 '음 소거'가 되었다.

[저… 정말 완벽한 퍼스트 터치입니다. 과연 사람이 저렇게 할 수 있을까 생각될 정도로…]

[맞습니다. 아마 옆에 있었다면, 소리도 나지 않을 것 같습니다.]

아나운서와 해설이 경탄했다.

그것을 보는 상대 선수들의 표정도 마찬가지.

더더욱 대단한 것은 매우 위험한 지역이라는 점이었다.

어느새 반디는 왼쪽에 위치했다.

씨날두가 중앙으로 들어갔고, 반디가 라인을 탔다.

그 옆으로 나단이 따라가고 있었다.

다시 나단에게 패스했다. 나단이 한 것만큼 빠른 속도로.

반디만큼 퍼스트 터치가 좋은 사람이 바로 나단이었다.

패스 미스라는 용어가 이들 사이에 원래 없던 말인 것처럼 나단은 원터치로 받아서 공을 내주었다.

중간에 조르지오가 당황할 정도로 빠른 모습.

"땡쓰!"

간단히 고맙다는 인사까지 할 정도로 여유있게 그 공을 받아서 중앙으로 들어온 반디.

골문이 크게 보였다.

거미처럼 온몸을 크게 만든 골키퍼가 그 앞에 있었지만, 아무 소용 없었다.

이미 중거리슛을 할 마음을 가진 반디였기에.

"안 돼!"

반디의 귀에 그 소리가 들린 것은 그때.

한국어였다. 유인이 낸 소리가 분명했다.

하지만 늦었다. 이미 반디의 오른발에서 엄청나게 꺾이는 슛이 출발했으니 말이다.

마치 UFO처럼 궤도를 측정할 수 없도록 골문 근처로 간 공.

골문 안으로 들어갈 때까지 그것을 보는 상대 선수와 골키퍼, 상대 벤치의 얼굴에 간절함이 스며들었다.

들어가지 말아 달라는 주문과 같은 표정.

그런데 그것을 완벽하게 배반하면서 결국은 레알 마드리드의 오늘 경기 첫 번째 득점 장면을 만들어냈다.

반디는 달렸다. 나단이 그 뒤를 쫓았다.

레알 마드리드 관중석 앞에서 주먹을 쥐었다.

"에~스테반! 에~스테반!"

이제는 뒤를 돌아보며 자신을 쫓아온 나단을 안았다.

"고마워. 날 믿어줘서."

"나야말로 고맙다. 네 덕분에 이제 패스하는 방법을 알 것 같다."

패스에 특화된 이가 이제야 패스하는 방법을 알겠다고 말하고 있었다.

그런데 반디는 고개를 끄덕이며 동의했다.

"맞아. 그냥 뿌려. 네 패스라면 다 받을 수 있으니까. 하하하."

결론은 나단이 지나치게 완벽한 것만 추구하는 게 문제라는 의미였다.

실제 나단의 패스 성공률은 리그에서 94%. 유럽 전체를 봐도 2위였다.

그런데 더 완벽한 것을 추구하려고 하다 보니 유벤투스 전에서 문제가 생겼다.

불완전한 패스를 하려 들지 않았기에, 패스의 횟수가 급격히 감소했다.

또한, 공을 받으려고 들지도 않았다.

어쩔 수 없이 공이 와서 받을 때 빼고는.

그래서 열심히 뛰어다녔지만, 사실 쓸모없는 움직임이 많았다.

지금 그의 부활은 레알 마드리드의 결승행 청신호를 키는 신호나 마찬가지.

"나단의 적극적인 자세를 이끌어냈습니다. 드디어… 이런 것을 기대하신 겁니까?"

"아니. 난 사실 더 많은 것을 기대하고 있네."

"그게 무슨….."

"저 녀석이 북 치고 장구 치고 하는 것을. 그러면 난 주급 도둑이 되지 않은가? 하하하."

아구스틴의 말에 웃으며 농담하는 체르니.

하지만 아구스틴은 그 말이 농담이 아닐 수도 있다고 생각했다.

감독이 아무것도 하지 않도록 오늘은 경기 운용도 거의 완벽하게 수행해내고 있었다.

유인과의 대결에서도 완승을 거두었다.

전반전만 본다면 당연히 반디의 레알 마드리드가 압도적이었으니까.

반디는 나단을 살리는 것 말고도 양쪽을 돌아다니면서 선수들을 격려했다.

"페드로, 더 뛰어! 지칠 때까지. 네가 지금 첫 번째 챔피언스 리그 결승전에 나서는데, 이것 가지고 되겠어?"

"어쭈, 마리오. 요즘 안 뛰네. 공 없을 때 네가 뛰어 줘야 나단이 패스를 뿌리지. 저번 경기 나단이 혹평받은 이유 몰라? 주변에서 안 뛰니까 그렇지!"

"그렇죠, 안토니오! 수비수가 이렇게 적극적으로 중앙까지 나와서 뛰어주니까, 오늘 경기가 제대로 풀리는 겁니다. 하하하."

때로는 터치 아웃이 될 때, 때로는 수비수가 공을 걷어내어 클리어링 한 경우 여지없이 반디는 선수들에게 격려나 질책을 쏟아냈다.

오늘 반디의 모습은 흡사 필드의 지휘관 같았다.

"대단하군. 웬만해서는 꿈쩍도 안 하던 네가 자꾸 탐내는 이유를 이제야 알겠어."

한편, 관중석 한쪽에서 이 장면을 보고 있는 두 명의 한국인이 있었다.

하나는 카리스마로 무장된 감독, 박정이었고, 다른 하나는 그의 옆에서 항상 조언을 아끼지 않는 이명훈이었다.

"그래서 아쉽습니다. 저 선수가 마지막 퍼즐이 될 수 있는데…."

박정의 목소리는 낮은 저음이었다.

아쉽다는 말을 하니 저음과 섞여서 묘한 분위기를 만들어냈다.

사실 그는 오늘 이명훈과 함께 유벤투스의 유인을 보러 왔다.

그를 이미 국가대표로 발탁했지만, 이렇게 클럽 경기에서 뛰는 모습은 크게 참고가 될 것 같았다.

지난 1차전은 동영상으로 살펴보았다.

확실히 유벤투스에서 유인의 존재감은 독보적이었다.

더군다나 객관적인 전력으로 레알 마드리드가 위였는데, 균형을 맞춘 유인의 능력은 속으로 갈채를 보낼만했다.

그런데 또 한 명. 박정은 자꾸만 눈에 띄는 반디의 모습이 걸렸다. 이미 귀화를 거절했다는 이야기를 들었지만, 아까울 수밖에 없었다.

"그러지 말고 네가 한 번 설득해보는 것은 어때? 가끔 네 말이 잘 먹히는 선수가 있잖아."

"못 들으셨습니까? 저 선수가 귀화하기 싫다는 이유 중 하나가 저라는 사실을."

"그… 그렇지. 하하… 원 녀석하고. 하긴 너와 쟤를 같이 세워보면 엄청나게 대비될 것 같아. 마치 빛과… 험험."

이명훈은 말을 줄였다. 그다음 말은 박정이 듣고 싶어 하지 않을 것 같다고 생각했기에.

"어쨌든 형님께 부탁하겠습니다. 마지막 수단이 있다고 하는데, 뭔지 알려주시지 않는 것을 보니… 자신 없어 보이기는 하지만…."

박정의 말을 듣고 이명훈은 고개를 끄덕였다.

이번에 이명훈이 동행한 이유가 있었다.

마지막으로 반디를 설득할 수 있는 수단을 가지고 있다며, 자신이 찾아가겠다고 했다.

어차피 박정도 유인의 모습을 볼 겸 이렇게 산티아고 베르나베우에서 만나 경기 관전을 하는 이유가 바로 거기에 있었다.

물론 이명훈은 그 마지막 수단이라는 것을 박정에게 알리지 않았다.

왜냐하면…

'네가 알아봤자… 좋을 게 없으니까.'

다시 필드를 보는 이명훈의 얼굴에 미소가 깔렸다.

전반전을 마친 후 라커룸의 분위기는 화기애애 그 자체였다.

그럴 수밖에 없었다. 아직 1-0이기는 했지만, 몰아붙이고 있는 쪽도 레알 마드리드였다.

"그래도 한 점을 헌납하면 연장이야. 그리고 아슬아슬해지면, 늘 뒤가 불안하지."

"그렇죠. 그러니 방심하지 않도록 한 마디 해주세요. 하하하."

씨날두는 자신의 말을 받는 반디를 보며 웃었다.

정작 화기애애한 분위기는 그가 다 만들어 놓고 있었다.

들어오자마자 선수들의 칭찬을 쫙 읊었다. 누구라도 자신의 칭찬을 한다면 기분 좋아지는 게 사람의 마음. 씨날두 역시 반디에게 칭찬을 들었다.

'다시 회춘한다라⋯.'

그게 칭찬인지는 알 수 없지만, 다시 젊어진 것 같다는 말은 기분이 나쁘지 않았다.

"자, 자. 전반전 뛴 거리를 알려주마."

웃고 있던 반디의 시선이 아구스틴으로 향했다.

그가 데이터를 뽑아 와서 선수들을 보고 있었다.

최근 클럽은 전반전 뛴 자료를 가지고 선수들에게 전달했다.

"네? 제가 그렇게 많이 뛰었습니까? 벌써 6.8km라니요?"

"나도 6.4km야. 그런데 반디는 7km네. 풀타임으로 뛸 수 있을까?"

페드로의 말에 마리오가 외치며 반디를 보았다.

마리오뿐만 아니다. 많은 선수가 반디에게 시선을 돌렸다.

보통 한 경기에 10km를 뛰면 많이 뛰는 것이다.

그런데 레알 마드리드 선수 중 전반전에 6km를 넘긴 선수가 벌써 여섯 명이었다.

골키퍼와 수비수를 제외하고 전부라는 의미.

"반디야, 너무 우리를 채근한 것 아니니? 이러다가 후반전에 지쳐서 쓰러지겠다."

"그러게 오버페이스한 것은 아닌지 걱정되는구나."

"아뇨. 그렇게 생각하지 않아요."

선수들의 말에 반디가 표정 하나 변하지 않으며 말했다.

"지난번 유벤투스 선수 중 11km를 넘게 뛴 선수가 네 명이었어요. 우리는 오늘 그 이상이 될 각오로 뛰어야 이길 수 있거든요."

"그럼 설마 전반전에 그렇게 재촉하고 다닌 게…."

"맞아요. 더 뛰게 만들려고 그런 겁니다. 하하하."

씨날두는 혀를 내둘렀다. 대충 눈치채고는 있었지만, 더 뛰게 하려고 본인은 가장 많은 거리를 뛰었다.

반디의 이런 의지력이 참으로 놀라울 뿐이었다.

그런데 반디는 아직 멀었다는 생각만 하고 있었다.

전반전에 상대 팀 유인은 자신보다 더 뛰었을 것 같다는 느낌.

아마 후반전에는 더 운동화 끈을 질끈 매야 그를 능가할 것으로 생각되었다.

필드 위에 서자 유인이 자신을 바라보는 게 그대로 느껴졌다.

드디어 의식하고 있었다. 경기가 시작되자 더 알 수 있는 것. 그는 자신을 강력하게 견제하면서 따라다녔다.

"대단하다. 너를 인정하고 싶지는 않지만, 대단하다는 것은 틀림없구나."

"고맙군. 나 역시 마찬가지야. 너도 대단해. 그렇지만 여기까지야."

유인이 말까지 붙였다. 물론 한국어였다.

반디의 입장에서는 공격진영에서, 그리고 유인의 입장에서는 수비진영에서 공이 없는 장면에서 이루어진 대화였다.

"글쎄다. 그런데… 넌 몇 살이지? 내가 알기로 나보다 어린 것 같던데…."

"뭐 그게 중요한가? 축구는 나이로 하는 게 아니잖아."

반디는 웃으며 유인의 말을 받았다.

그리고 갑자기 앞으로 튕겨 나갔다.

안토니오의 롱패스가 날아오고 있었다.

턱!

위험지역도 아니건만 유인의 강력한 견제가 나왔다.

점프하면서 자신의 몸을 거의 튕겨내려는 듯이 부딪쳤다.

"크윽…."

하지만 반디는 소리를 내면서도 튕겨 나가지 않았다.

오히려 더 높이 뛰면서 끝내는 공을 머리에 맞추었다.

그의 머리를 맞고 나간 공이 씨날두의 발아래 떨어졌다.

그러고 나서 쿵!

나름 불안정하게 떨어진 반디.

그의 눈에 유인도 불안하게 떨어지는 모습이 포착되었다.

반디는 등으로 떨어졌지만, 유인은 발목을 접질리면서 착지했다.

그런데 먼저 일어난 것은 유인이었고, 다시 쓰러진 것도 유인이었다.

"터치아웃 시켜주세요!"

어차피 속공의 의미도 없는 상태였다.

그래서 반디가 씨날두에게 외쳤다.

유인의 발이 정상이 아닐 것 같은 직감이 가슴 속에 스며들어왔다.

그의 예상이 맞았다.

곧이어 의무팀이 들어왔고, 두 손을 들어 올려 벤치에
엑스 신호를 보냈다.

뛸 수 없다는 의미였다.

유인은 뭐라고 알아들을 수 없는 말로 외쳐댔다.

이탈리아어를 모르는 반디지만, 충분히 그 의미 전달되
었다.

– 더 뛰겠다. 더! 뛸 수 있으니, 그냥 가라. 난 뛰겠다.

표정만 봐도 알 수 있었다.

그래서 반디는 그에게 다가갔다.

"이 봐. 축구 하루 이틀 하나? 다음에 하자. 오늘은 무승
부. 지난번에도 그렇고, 이번에도 그렇고… 우리 승부는
다음으로 미루자. 기다릴게. 빨리 털고 일어나라."

유인이 그를 바라보았다. 약 1에서 2초간. 그러고 나서
입이 열렸다.

"아까 말했지만, 내가 형이다. 다음부터는 선배 대접받
을 테니, 반말하지 마라."

그 말에 반디는 미소를 지었다.

참 특이한 선수였다.

그런데 그의 모습을 보면서 박정이 떠오르는 것은 왜일
까?

이 상황에서 반말한다고 외치다니. 아픔보다 그게 우선
이라고 생각하는 그가 재미있었다.

물론 그렇다고 해서 그에게 존댓말 한다고 약속할 수는 없었다.

"잊지 마라. 반말… 그거 고치고, 그리고… 지금 웃는 것. 그것도 싫다. 남자에게 그런 매력적인 미소를 짓는 게 아니란 말이다. 그럼 나중에… 음… 나중에 이야기하자. 그런 기회가 오기를 바란다. 험험."

끝에 유인이 한 말은 좀 쑥스러워하는 것 같은 느낌이 들었다.

이상한 일이었다. 다음에 기회가 오기를 바라는 마음은 반디 역시 마찬가지였다.

한두 경기 만에 이렇게 마음이 통하다니.

반디는 웃으면서 고개를 흔들었다.

하지만 감상은 여기서 끝이었다.

그의 눈에 다시 비친 곳은 유벤투스의 골문.

이제 그를 막는 것은 조르지오였다.

그리고 유인을 대체한 유벤투스의 수비수 하나.

그런데 그게 역부족이라는 것이 금세 드러났다.

갑자기 골문을 헤집는 맹수의 모습으로 변했다.

조금 전까지는 세상에서 가장 아름다운 미소를 지었는데, 지금은 그야말로 2차 대전에서 나타날 법한 폭격기가 되었다.

순식간에 두 골을 더 득점했다.

3-0. 유벤투스의 패색이 짙어갔다.

이것을 보면서도 얼마나 유인이 반디를 잘 막아왔는지 증명이 되었다.

유벤투스의 감독 역시 이를 잘 알고 있었다.

그래서 유인의 부상에 촉각을 곤두세웠다.

리그는 거의 우승을 확정했지만, 코파 이탈리아 결승전이 남았다.

거의 패색이 짙어가는 현재 트레블까지는 아니더라도 더블은 거두어야 직성이 풀렸다.

그래야 많은 돈을 들여서 유인을 영입한 효과를 보여줄 수 있지 않은가?

그의 생각은 더 길게 이어지지 못했다.

씨날두를 대신해 나온 빅토르의 크로스에 남보다 더 높은 타점에서 방아를 찧듯 오늘 네 번째 득점하는 반디 덕분에.

"와아아아아아!"

관중들의 함성이 매우 크게 쏟아졌다.

전반전의 레알 마드리드와 후반전의 레알 마드리드가 천지 차이가 되었다.

그나마 4-0이 되었는데, 이것도 불안했다.

"언제부터 유벤투스가 한 선수만의 팀이었나? 정신 못 차리나?"

결국, 유벤투스의 감독은 호통치지 않을 수가 없었다.

그래서일까?

아니면 이제 반디를 휴식 차원에서 불러들이고 난 후여서 틈이 났을까?

유벤투스는 막판 카브레로와 조르지오의 1득점으로 4-2, 체면치레하며 경기를 끝냈다.

인터뷰에서 유벤투스 감독은 반디에 대해 이렇게 평했다.

"레알 마드리드의 10년을 책임질 선수입니다. 더 무서운 것은 이제 시작이라는 것이죠. 아마 올 시즌 끝나고 레알 마드리드는 에스테반 선수를 잘 지켜야 할 것 같습니다."

그의 말은 사실이었다.

이제 거의 모든 빅클럽이 반디를 주시하고 있었다.

레알 마드리드 보드진은 자주 긴급회의를 열 수밖에 없었다.

그리고 회의가 끝나면 늘 훌리안이 로메오 회장과 깊은 면담을 나누었다.

훌리안은 반디의 전권 대리자였다.

현재 잔여 경기에 충실하기 위해서 훈련에 매진하는 반디는 클럽과 재계약 문제에서 그를 내세웠다.

신경 쓸 시간조차 없다면서.

노력의 결실은 늘 생겼다.

프리메라리가 37차전에서 드디어 반디는 시즌 일흔세 번째 득점에 성공했다.

프리메라리가 잔여 경기가 하나 더 남은 상태에서 리오멜이 세운 기록과 타이 기록을 거두었다.

코파 델 레이도 결승에 안착한 상태.

챔피언스 리그 결승까지 생각하면 모두 세 경기가 남았다.

현재의 추세로 세 경기에서 단 하나의 득점을 못 할 리가 없었다.

그래서 역사적인 신기록을 언제 거두게 될지 레알 마드리드의 팬들은 즐거운 공상을 했다.

팬들뿐만이 아니었다.

"어때? 떨리지? 안 떨려? 안 떨리면 거짓말이고."

"혼자 물어보시고 혼자 대답하시는군요. 하하하."

씨날두가 반디에게 계속 물어보는 이유.

약간 샘이 나기 때문이었다.

그도 리오멜의 기록을 넘어서려고 많은 애를 썼다.

하지만 결코 넘을 수 없었던 시즌 일흔세 골의 위업.

그나마 반디가 그 일보 직전에 와 있기에 대리만족하고는 있었다.

"사실 제 기록이 혼자만의 것인가요? 다 씨날두 덕분이죠."

"진짜… 그렇게 생각해?"

"당연하죠. 제 득점의 스무 개가 직간접적으로 씨날두의 어시스트와 프리킥, 페널티킥 양보라는 기사를 봤습니다. 항상 고맙게 생각하고 있어요."

"그… 그래? 원… 녀석도. 샘도 못 내게 생겼네. 하하하."

씨날두의 어색한 표정을 보고 반디는 웃었다.

그는 자신의 우상과 같이 한 팀에서 뛰고 있다는 사실 자체로도 행복했다.

그런데 그의 적극적인 도움으로 기록까지 깰 수 있으니 얼마나 좋겠는가?

"그래도 늘 그렇지만, 꼭 기록 경신 앞에서 좌절하는 경우가 많아. 나 역시 최고 기록이 72골이었는데, 마지막 세 경기에서 한 골도 못 넣어서 얼마나 아쉬웠는데…."

"그렇죠. 저도 알아요. 그래서 기록은 하늘이 돕는 것 같아요. 지금까지는 잘 도와주었는데, 앞으로는 어떻게 될지 모르겠네요."

"일단 다음 경기에 무조건 한 골 득점하라고. 빨리빨리 처리해야 마음에 부담이 안 생기니까. 나 같은 경우는 맨 마지막 경기까지 갔더니 부담감 때문에 제 플레이를 하지 못했어."

그 말에 고개를 끄덕이는 반디.

옳은 말임을 인정했다. 반디 역시도 최근 훈련에서 잔뜩 힘이 들어가서 골대 위로 넘기는 슈팅이 많았다.

요즘 특유의 퍼스트 터치도 가끔 실수하는 경우도 생겼고.

너무 긴장하거나 아예 긴장하지 않기가 쉽지 않았다.

그런데 마지막 경기까지 기록을 깨지 못한다면 어떻게 되겠는가?

중압감에 기록을 경신하지 못할 수도 있었다.

사람은 기회가 왔을 때, 그것을 이루어야 한다고 들었다.

반디에게 있어서 기록 경신의 기회는 올 시즌이었고, 다음 경기 옐체도 강팀은 아니기에 충분히 해볼 만했다.

그리고 드디어 그의 기록 경신을 향한 마지막 경기가 눈앞으로 다가왔다.

심판의 호루라기와 함께 프리메라리가 마지막 경기 옐체와의 38라운드가 시작되었다.

몸은 제대로 풀려 있었다.

컨디션은 매우 좋았다. 지금 반디를 내리쬐는 태양만큼이나.

문제는 득점을 내야 하는 순간에 한 번씩 망설이게 되는 심리상태였다.

그게 옐체 전에서 득점하지 못한 결정적인 원인이 되었다.

그나마 가장 기록 경신을 할 수 있었던 상대, 옐체.

코파 델 레이에서 맞붙을 바르셀로나 전에서는 너무 많은 변수가 예상되기에 반디는 쉽게 기록 경신을 할 기회를 놓쳐 버리고 말았다.

톡.

"힘내라. 바르셀로나 전에서 기록을 거두는 것도 의미 있는 일이다."

씨날두가 반디의 어깨를 짚었다.

"맞아. 리오멜이 보고 있는데, 그 앞에 기록을 깨트리는 것이 얼마나… 대단하겠어? 아마 팬들은 더 좋아할걸?"

타미 역시 그를 위로 겸 격려했다.

반디는 그들의 위안에 미소 지었다.

"당연하죠. 제가 극적인 것 좋아하는 것 아시잖아요. 하하하."

여름으로 갈수록 길어진 태양. 그래도 경기를 마치고 지는 석양 아래 반디의 얼굴에 약간 그늘이 생겼다.

그런데 그의 미소 하나로 그늘까지 밝아지기 시작했다.

위로하던 이들이 오히려 그 미소 때문에 기분이 좋아졌다.

"뭐야, 저 녀석. 전혀 신경 쓰지도 않는 표정이잖아."

"그러게. 어느 정도 부담감이 생길 줄 알았는데…."

마주 보며 어깨를 으쓱대는 씨날두와 타미를 두고 반디는 다음 경기에 벌써 몰입했다.

머릿속에서 바르셀로나의 수비진이 보였다.

팀마다 늘 칼라가 존재했다.

레알 마드리드는 측면의 공격과 수비가 강한 팀이고, 바르셀로나는 중앙이 늘 최고였다.

그런데 최근 반디의 등장으로 색깔이 많이 변했다.

레알 마드리드의 중앙을 축으로 양쪽 측면은 보조의 임무에 충실했던 것.

한편, 바르셀로나는 여전히 중앙이 강했다.

제2의 리오멜이라는 최선율은 상대 수비를 잘 분쇄했으며, 발 빠른 중앙 수비수들은 상대 공격수들보다 더 빨리 공을 지키고 막았다.

반디의 머릿속에서 그 빠른 수비수들을 파괴할 동선이 마구 그려지고 있었다.

상대 팀의 선수들도 마찬가지 생각을 하고 있을 것이다.

자신을 막기 위해서 늘 새로운 대처 방안을 가지고 경기에 임할 테니.

그것을 예측하는 게 반디가 할 일이었다.

최근에는 집에서도 그 생각의 연속이었다.

여느 때와 같이 아만다를 일찍 재웠다.

배가 남산만 해져서 요즘은 시도 때도 없이 잠을 잤다.

반디는 서재에서 물 한잔과 함께 다음 경기의 영상을 머릿속에 틀었다.

그러다가 듣게 되었다.

"반디야…."

뒤를 돌아보니 과일을 깎아서 방에 들어온 민선이 있었다.

"아, 저 몇 번 부르셨어요? 다른 생각 하느라."

"아냐, 아냐. 한 번만 불렀어. 그런데… 뭐 고민 있니?"

"아뇨. 다음 경기 생각하고 있었어요. 하하하."

또 한 번 반디는 밝은 웃음을 내보였다.

그것을 본 민선도 마주 웃었다.

"참, 다행이야. 네가 이렇게 커 줘서. 아마 저기에 있는 네 아빠도 너를 자랑스럽게 여길 거야."

"하하하. 당연하죠. 뭐, 얼굴도 잘 기억나지 않는 아버지에게 잘 보이려고 축구하는 것은 아니지만, 그래도 아버지가 제 모습을 보시면 기분이 좋으실 만큼 열심히 뛰고 있어요."

민선은 고개를 끄덕였다.

사실 그녀는 요즘 들어서 축구를 많이 보기 시작했다.

원래는 관심이 없었다. 심지어 예전에는 반디의 아빠 경기도 잘 보지 않았다.

그러던 그녀였는데, 반디의 경기는 꼬박꼬박 챙겨보았다.

그리고 요즘 그가 뛸 때면 자꾸 그의 아버지, 우혁이 생각이 났다.

  "아버지를 검색해 봤어요."

  "응?"

  무슨 생각을 하고 있는지 알아챈 것일까?

  갑자기 반디의 입에서 아버지라는 말이 튀어나왔다.

  민선은 살짝 놀랐지만, 여전히 웃음을 지우지 않을 채 입을 열었다.

  "그래⋯, 네 아버지도 꿈많던 축구선수였지. 크게 이름을 날리지는 않아서 찾기는 쉽지 않았을 거야."

  "네, 맞아요. 나중에 더 시간이 되면 찾아보고 싶어요. 물론 그 이전에 엄마가 더 말씀해주시면 좋겠지만⋯."

  반디는 늘 민선이 아버지에 대해서 깊이 이야기하지 않는다는 것을 알고 있었다.

  일부러 피하는 게 아니라는 것도.

  다만 아버지를 매우 사랑했기에, 끝까지 스토리를 이어본 적이 없는 민선이었다.

  중간에 눈물을 흘리면, 반디가 만류했으니까.

  "시즌이 끝나면 정말 즐겁게 듣고 싶어요. 그때에는 엄마의 눈물 없이 끝까지⋯ 그렇게⋯ 아시겠죠? 하하하."

  끄덕끄덕.

  민선은 고개를 아래위로 두 번 끄덕이면서 몸을 돌렸다.

슬퍼진 것은 아니었다. 다만 반디에게 당황한 표정을 들키고 싶지 않았다.

얼마 전에 찾아온 이명훈의 말이 귓가에 떠오르는 것 같아서, 시선을 들어온 곳으로 돌린 것이다.

반디에게 쉬라고 말하며 나오는 그녀의 귀에 아직도 그의 말이 떠올랐다.

– 현재 국가 대표 감독이 박정입니다. 아마 형수 님은 그때 축구에 관심이 없어서 잘 모르셨을 텐데…, 박정 이 녀석이 어린 나이에 부상으로 축구를 접었죠. 안타깝게도 우혁 형님이 당시에 깊은 태클을 하는 바람에…

하필이면 그 이야기를 왜 자신에게 했을까?

아니 그녀는 분명히 파악했다. 명훈이 만나서 그 이야기를 한 이유를.

반디에게 영향을 끼치라는 말 같았다. 귀화에 관해서…

물론 그 말을 들었을 때에도, 그리고 지금도 결코 반디의 마음을 흔들어 놓고 싶지는 않았다.

오히려 냉정하게 명훈에게 말했다.

그 일을 반디가 알게 하지 않았으면 좋겠다면서.

국가의 선택은 반디가 할 일이었다.

자신의 보살핌을 받지도 못해서 반디가 먼 나라에까지 입양되었는데, 지금은 자유의지로 살게 하고 싶었다.

단호한 민선의 말에 당황하던 명훈의 표정이 아직도 눈

에 선했다.

'그래도 안 되는 건 안되는 거야….'

다시 한 번 마음을 굳세게 먹는 민선.

창문을 활짝 열고 밤하늘을 바라보았다.

그녀의 눈에 저 멀리 은은한 누군가의 얼굴이 떠올랐다.

그게 바로 우혁이었다.

자신에게 손을 흔들면서 무어라 이야기하는 것 같았다.

들리지 않았지만, 알 수 있었다.

– 반디의 뜻대로 하게 해줘.

"그래요. 맞아요. 괜히 이야기할 필요 없죠? 당신의 말이 맞아요."

민선은 반디와 비슷한 웃음을 짓는 우혁을 보며 손을 흔들었다.

퍼스트 터치
FIRST TOUCH

Chapter 70

드디어 바르셀로나와의 한판 대결이 다가왔다.

올 시즌에는 레알 마드리드가 가장 앞서 있고, 그 뒤를 바짝 쫓는 팀이 바르셀로나였다.

프리메라리가에서도 그렇지만, 지금처럼 코파 델 레이에서도 마찬가지였다.

객관적인 전력에서 레알 마드리드는 바르셀로나에 앞서 있었다.

오늘 경기에 나선 바르셀로나의 수비진만 봐도 그 평가에 딱 알맞은 진용이었다.

발 빠른 수비수를 중앙에 둘 배치해서 반디를 꽁꽁 묶으려 애썼다.

그런데 이게 또 성공적이었다.

전반전 내내 반디가 묶여 있었다. 별다른 활약을 하지 못하며.

"집중 견제가 처음이 아닌데… 역시 기록이 의식되는 것 같습니다."

"사람인 이상 초연할 수 없지."

아구스틴은 답답한 모양인지, 속으로 반디를 응원했다.

그것은 체르니도 마찬가지였다.

그는 최근에 언론과의 인터뷰에서 레알 마드리드와 이번 시즌까지 함께 한다고 말했다.

많은 팬이 아쉬워했지만, 이제는 떠날 때라고 선언한 체르니.

떠나기 전에 진정한 트레블을 이루고 싶었다.

또한, 반디가 기록을 깨는 모습도 확인하기를 바랐다.

사실 이들만이 아니었다.

오늘 찾아온 레알 마드리드의 팬과 많은 언론도 마찬가지였다.

지난 경기에서 기록을 깨지 못했기에 더 심해졌다.

마지막 경기 이전에 경신한다면, 더 수월하게 챔피언스 리그 결승전을 볼 수 있다고 생각했으니까.

그들의 마음과는 달리 심판은 냉정하게 전반전을 끝내는 호루라기를 불었다.

"기록 깨기 힘들다. 협조를 안 해주네, 협조를 안 해 줘!"

페드로가 들어오면서 반디의 어깨를 감싸 안으며 말했다.

"너 같으면 쟤네들이 협조해 주겠냐?"

나단 역시 나란히 서면서 페드로의 말을 받았다.

상대 바르셀로나 수비진이 기록 경신에 당연히 협조적이지 않을 것으로 확신하면서.

"당연히 아니지."

"그럼 우리가 해야지. 협조란 게 무엇인지 보여주겠어!"

나단은 항상 반디에게 도움을 받는다고 생각했다.

팀 적응부터 경기력 부분까지.

그래서 이번에는 자신의 차례라고 여기며 후반전에 임했다.

물론 반디는 그들의 이야기에 개의치 않았다.

주변을 둘러싼 수비를 깨야 하는 것은 본인이 해야 한다고 여겼다.

그런데 장벽이 장난이 아니었다.

게임에서 지더라도 반디에게는 절대 점수를 허용하지 않겠다는 태도였다.

오늘 경기에 나오지 않았지만, 벤치에 앉아 있는 리오멜을 보면서 손을 흔드는 수비진.

반디가 들어오는 것을 차단하면서, 성공할 때마다 웃으며 기뻐했다.

'침착하자. 열 받지 말자.'

반디는 몇 번이나 이 말을 속으로 되뇌었다.

표정 관리를 한다는 것도 중요했다.

상대에게 말리고 있다는 것을 들키는 순간 수비진은 더 자신감 있게 반디를 막게 될 것이다.

다시 얼굴에 미소를 지으려고 노력했다.

하늘을 보며 허리를 쭉 폈다.

우두둑. 우두둑.

그의 몸 어디에서 이런 소리가 났다.

시동을 거는 음향처럼 들렸다.

다시 달렸을 때에는 그를 막으려 애쓰는 수비진의 인상 쓰는 얼굴에 눈에 보였다.

그렇게 금발 머리가 땀에 젖어서 찰랑거릴 정도로 뛰어다녔다.

그리고 드디어 기회가 생겼다.

자신의 득점 기회는 아니었다.

나단이 어느새 페널티 에어리어로 들어가 있는 모습이 그의 눈에 보였다.

완벽한 기회에서 그는 스루패스를 넣었다.

턱…

빠른 속도로 공이 흘러가도 반디는 걱정하지 않았다.

그는 잘 알고 있었다.

나단의 퍼스트 터치는 자신 못지않다는 것을.

그래서 나단이 왼발로 공을 받아서 오른발로 쏘았을 때, 그는 확신했다.

자신의 어시스트 기록이 하나 더 늘어날 거라는 예감.

역시 그의 생각은 틀리지 않았다.

골키퍼는 이미 속수무책이었고, 공은 골문 한구석에 꽂혔다.

결국, 첫 득점이 나단의 발에서 나왔다.

득점하고 나서 바로 반디에게 달려온 나단.

어색한 웃음을 지으며 이렇게 말했다.

"이거 도와준다고 장담했는데, 내가 넣어 버렸네. 하하하."

머리를 긁으면서 어떻게 해야 고맙다는 표시를 할지 고민하는 표정이 완연했다.

"괜찮아. 이게 도와주는 거야. 하하하."

곤란해하는 표정이 된 그에게 반디는 웃으며 말했다.

득점하는 게 도와주는 것이다.

그게 반디가 생각하는 기록 경신 루트였을까?

아직은 모르지만, 그 말이 정확하다는 게 잠시 후 증명이 되었다.

아까와 거의 비슷한 장면이었다.

반디에게 몰린 수비. 틈이 난 공간.

그 안에 들어간 나단까지 같았다.

아까와 다른 장면은 골키퍼가 더 가까이 있다는 점.

그런데 반디가 보기에 이번에 나단은 욕심을 부리는 것 같았다.

보다 완벽한 기회를 살리기 위해서 골키퍼까지 제치려 했다.

물론 그것은 성공했다.

다만 그러느라고 주변에 수비 한 명을 달게 되었다.

바로 슈팅 할 수 있는 그 찰나의 순간을 놓친 나단.

촤아아아악! 태클이 그에게 들어왔다.

그리고…

"크윽!"

나단이 쓰러졌다.

"삐이이이익!"

심판의 호루라기가 울렸다.

"안 돼! 안 돼!"

"제발…"

수비진들이 저마다 외치는 소리가 필드에 울려 퍼졌다.

그들이 그렇게 외치는 까닭이 있었다.

누가 봐도 이것은 명백한 페널티 킥!

아무도 부정할 수 없었기에 그들은 입으로나마 부정하고 싶었던 것이다.

반디는 나단을 보았다.

"너…."

자신을 향해 웃으면서 다가오는 나단은 곁에 도착해서 금발 머리를 한 번 쓸어 올렸다.

이제야 반디는 그가 왜 골키퍼까지 제치려고 했는지 알게 되었다.

"뭐야? 함정공격?"

"너만 할 줄 알았니?"

"그런데 함정 공격은 그렇게 하는 게 아니야. 완벽한 기회가 열렸는데, 굳이…."

반디가 이해할 수 없다는 표정으로 나단을 보자, 이 금발 머리의 프랑스 축구 천재는 웃으며 페널티킥 지점에 공을 올려놓았다.

"이것을 위한 거지. 자, 차라! 하늘이 준 기회니까."

귓가에 응응거리는 소리가 잦아졌다.

관중들도 숨을 죽인다는 의미였다.

물론 모두 조용한 것은 아니었다.

"공중으로! 공중으로!"

누가 시작했는지 모르지만, 바르셀로나의 팬들 몇 명이 반디가 페널티킥을 차기 전에 이렇게 소리 질렀다.

처음에는 미약했지만, 곧 골문 주위로 그 소리가 더 크게 울려 퍼졌다.

"공중으로! 공중으로!"

"공중으로! 하늘 높이! 제발 부탁해!"

하지만 이들이 알아야 할 게 있었다.

저주에 가까운 야유. 그것을 퍼붓는 대상은 레알 마드리드에서 가장 강한 멘탈을 지니고 있다는 것을.

반디의 입이 약간 좌우로 길어졌다.

미소가 그려진 매력적인 얼굴에 묘한 조화는 바로 투지의 눈빛.

반드시 넣겠다는 의지가 가득 들어가며 공을 향해 달려갔다.

골키퍼 역시 미소만 빼고 같은 얼굴을 하는 게 보였다.

반드시 막고 싶을 것이다.

올 시즌 코파 델 레이까지 놓치면 바르셀로나는 무관일 테니까.

그러나 반디의 발에 맞은 공은 골키퍼가 점프한 반대 방향으로 나아갔다.

철썩!

거의 골망을 꿰뚫을 정도의 강슛!

춤을 추고 있었다. 골대 안의 그물과 함께 그가 찬 공이.

그러면서 많은 관중이 환호성을 질렀다.

벤치도 마찬가지였다. 모두 방방 뛰며 새 시대를 여는 기록에 기뻐했다.

다만 반디의 귀에는 아무것도 들리지 않았다.

이상하게 자신만의 공간에 있는 것 같았다.

자신을 둘러싼 동료가 뭐라고 축하의 말을 해도 마찬가지.

기록을 깬다는 게 바로 이런 기분이었구나! 라고 생각하며 하늘을 올려다보고 있었다.

그 다음에는 무아지경의 상태였다.

구름 위를 걷는 기분.

틈은 더 열려있었고, 골문은 더 넓어 보였다.

짧은 시간 두 골을 더 넣은 반디.

바르셀로나는 치욕의 4-1 패배를 겪었다.

2010년대 중반, 세계를 호령하던 위용이 점점 수면 아래로 가라앉는 느낌이었다.

그 선봉자 역할을 하는 이가 바로 반디였고, 그의 장인은 이 경기를 끝으로 감독직을 내려놓는다고 선언했다.

안타깝지만 이게 승부의 세계였다.

아버지가 세비야의 감독이고 아들이 레알 베티스의 핵심 선수여서 둘이 격돌한 경우도 올 시즌에 있었다.

그리고 코파 델 레이 경기에서 비수를 꽂으며 아버지를 경질 시킨 사건도 일어났고.

물론 다음 날 반디는 정중히 자신의 장인, 칸테로에게 전화했다.

(이 녀석 놀리려고 전화했구나. 하하하.)

"앗, 아닙니다. 그냥 걱정되어서요."

목소리는 뜻밖에 밝았다. 속마음은 어떨지 모르겠지만.

(걱정은 무슨. 늘 승리와 패배가 따라다니는 게 감독직이다. 난 올해 레알 마드리드와의 경기에서 모두 패했다. 그리고 바르셀로나는 무관이 확정되었지. 감독을 그만두는 것은 당연한 수순이다.)

"하지만 바르셀로나의 회장은 절대 감독을 바꿀 생각이 없다고 오늘 인터뷰했습니다."

(그거야 그 사람 생각이고. 난 올 시즌을 마지막으로 당분간 쉬어야겠어. 무엇보다도 손녀가 태어날 예정인데, 아버지 노릇은 아니지만, 할아버지 노릇은 제대로 하고 싶거든. 하하하.)

아만다의 배 속에 있는 아이의 성별은 딸이었다.

그의 목소리에서 진심이 느껴졌다.

후회와 반성. 반디는 장인의 말을 들으며, 인간이란 늘 그것을 반복하는 존재라고 여겼다.

자신도 그런 후회를 하지 않기를 바랐다.

바로 정체성 부분이었다.

현실에 최선을 다했지만, 선택은 늘 망설이고 있었다.

이제 결정의 순간이 다가온 느낌이었다.

'이번 시즌 끝나고… 그때 가서 결정하자.'

이 부분에 대해서는 늘 뒤로 미루게 되는 반디.

아무튼, 현재 그가 더 집중해야 할 대상이 생기긴 했다.

2020~2021년 챔피언스 리그 결승전 무대.

그리고 상대하는 팀은 프리미어리그의 맨체스터 유나이티드.

리빌딩이 완벽하게 끝나고 2, 3년 전부터 강력한 위용을 보이더니 드디어 올 시즌은 무적의 팀으로 거듭났다.

팀을 이끄는 네덜란드 출신의 감독은 강력한 규율 속에 세대교체를 단행했다.

어떤 의미에서는 레알 마드리드도 비슷했다.

올 시즌 레알 마드리드의 주축 선수는 완벽한 세대교체 속에서 탄생한 월드 클래스였으니까.

그래서 자웅을 겨루는 시기가 절묘했다.

챔피언스 리그 결승. 시즌의 마지막 경기!

장소는 바르셀로나의 홈구장인 캄프 누였다.

레알 마드리드 입장에서는 2년 만에 다시 결승 무대에 섰다.

그때에는 반디가 뛰지 않았다.

당시에 카스티야에서 기적을 세우고 있었다.

이제는 진정한 레알 마드리드의 일원으로 다른 기적을 목표로 했다.

시즌 3관왕. 영어로는 트레블이라고 일컫는 그것을 자신의 힘으로 이루고 싶었다.

"그때 우리의 트레블을 막은 게 반디 너였는데."

"에이, 카스티야도 레알 마드리드잖아요. 언론과 외신도 다들 레알 마드리드의 3관왕이라고 보도했어요."

"그래도 진정한 3관왕은 아니었지."

2년 전 반디의 카스티야가 레알 마드리드를 이겼을 때가 씨날두의 머리에 떠올랐다.

정말 아까웠다. 그의 축구 인생에서 처음으로 3관왕을 할 수 있었던 기회를 날렸다.

대신 반디라는 훌륭한 동료를 얻었다는 것에 만족했다.

1년을 담금질한 끝에 다시 도전하는 3관왕.

이게 그의 축구 인생에서 마지막 기회가 될 것이다.

반디는 그의 얼굴을 보면서 무슨 생각을 하고 있는지 짐작할 수 있었다.

"근데 이번 시즌 끝나고 진짜 은퇴하실 거예요?"

"당연하지. 나는 내가 한 말을 반드시 지키는 사람이야."

"에이, 아깝다. 그런 것쯤은 한 번 정도 번복해도 뭐라고 하는 사람은 없을 텐데…."

"아니. 벌써 저 녀석은 호시탐탐 내 은퇴를 노리는데 뭐."

씨날두가 가리킨 그곳에 필드 위에서 열심히 달리는 빅토르가 있었다.

반디 역시 그를 바라보며 고개를 끄덕였다.

최소한 빅토르는 빨리 씨날두가 은퇴하기를 바랄 것이다.

그래야 그 자리에 무혈 입성한다고 여길 테니까.

"제 친구지만 좀 단순하죠. 은퇴하면 클럽에서 그 빈자리를 쉽게 줄 거로 생각하다니. 씨날두급은 함부로 대체할 수 없는데 말이에요."

"너한테 그런 이야기를 자꾸 들으니까 낯간지럽다. 그만해라. 하하하."

화기애애하게 이야기를 나누고 있지만, 반디의 말은 사실이었다.

씨날두가 은퇴하면 다음 시즌에 큰 공백을 느끼게 될 것이다.

'그러므로 올 시즌에 3관왕을 해야 한다.'

반디는 씨날두와 다른 이유로 클럽의 3관왕을 생각하고 있었다.

레알 마드리드가 세대교체에 성공했다는 이야기를 들었지만, 단 한 자리가 대체 불가능한 곳이었다.

왼쪽 윙 포워드 자리.

친분 관계로 보았을 때, 빅토르를 응원해주고 싶었다.

그러나 그가 씨날두의 빈자리를 메울 것으로 확신하지 못했다.

단순히 열심히 뛰는 것으로 차지할 수 없는 곳.

그 자리에 다른 팀에서 뛰는 윙 포워드의 이름이 계속 거론되는 이유가 있었다.

그중 하나가 레버쿠젠의 현기수였다.

대한민국 부동의 국가대표이기도 한 그는 올 시즌을 마지막으로 레버쿠젠과 계약이 종료된다.

따라서 자유 이적이라는 메리트로 수많은 팀이 연계되고 있었다.

레알 마드리드 역시 현기수와 접촉 중이었다.

그런데 선수가 팀을 고르는 중요한 기준이 되는 게 바로 돈과 명성.

주급이야 그 어떤 팀도 최고 대우를 약속할 수 있었지만, 우승은 달랐다.

팀의 전력이 안정적이지 않은 곳에 그가 이적할 리가 없었다.

그래서 이번 챔피언스 리그 우승은 여러 가지 면에서 중요했다.

물론 맨체스터 유나이티드에도 마찬가지였다.

한때 챔피언스 리그에 출전도 못 했던 시절이 있었다.

부활의 조짐을 보이기 시작한 때에는 2016~2017시즌 다시 챔피언스 리그에 복귀했을 때.

그로부터 4년이 지났다.

성과를 보여줄 때라고 여긴 네덜란드 출신의 사령탑은 배수의 진을 쳤다.

이번 시즌이 맨체스터 유나이티드에서 마지막으로 보내는 때가 될 거라고.

팬들과 선수들, 심지어 보드진까지 매우 아쉬워했다.

하지만 인정할 수밖에 없는 것은 그의 나이였다.

벌써 70세가 다 된 그는 맨체스터 유나이티드의 10년을 더 책임질 수 없다고 말했다.

대신 젊고 유능한 몇 명의 감독을 추천했다.

예전 퍼기 때처럼 20년 이상을 지도할 수 있는 사람이 필요하다면서.

그중 한 명이 바로 라이언이었다.

맨체스터 유나이티드의 전설적인 왼쪽 윙이었던 그는 현재 수석 코치를 맡고 있었다.

한때 임시 감독직까지 수행했는데, 지금은 그때보다 훨씬 더 유능한 모습으로 감독을 보좌했다.

심지어 이번 챔피언스 리그 경기의 전략전술을 감독이 그에게 맡겼다는 소문도 퍼져 나올 정도였다.

그런 그가 드디어 어쩔 수 없이 감독 대신에 기자 회견장에 나왔다.

　"감독님의 몸이 좋지 않습니다. 내일 경기에 참석할 수 있도록 일단 병원에서 휴식을 취하고 계십니다."

　체르니 감독을 따라 기자회견장에 나왔던 반디의 눈이 커졌다.

　얼마나 몸이 좋지 않기에 오늘 기자 회견에 수석 코치를 내보내겠는가?

　"그렇다면 내일 경기에 나오지 못할 가능성도 있다는 거군요."

　캄프 누에서 경기가 열린다.

　작년부터 올 시즌까지 독립이야기로 많은 화제를 뿌렸던 바르셀로나의 홈 경기장.

　그러다 보니 화제를 찾아서 온 많은 기자가 있었다.

　특히 챔피언스 리그 결승까지 벌어지니 기자회견장은 반디가 본 것 중에 가장 많은 기자로 꽉 들어찼다.

　라이언은 전혀 긴장한 것 같지 않았다.

　"대단하군요. 감독처럼 보여요."

　"다음 시즌 감독으로 내정되었다는 이야기도 있어."

　반디의 말을 체르니가 받았다.

　그에 대한 질문도 쏟아져 나왔다.

　하지만 라이언은 신중한 태도로 말을 아꼈다.

대신 현재 감독의 은퇴에 대한 견해를 밝혔다.

"맨체스터 유나이티드의 전성기를 여신 것은 아니지만, 새로운 전성기에 대해 초석을 닦아놓으셨습니다. 당연히 우승으로 은퇴에 대한 선물을 준비해야겠죠. 지난 FA 컵에서 첼시에 패해 비록 트레블을 놓쳤지만, 선수단과 코치진 모두 내일 승리를 해서 더블이라는 은퇴선물을 드리겠습니다."

더블이라는 말을 강조할 때 그의 눈빛이 빛났다.

사생활에서 문제점을 드러냈지만, 최소한 필드 위에서는 존경받는 선수로 코치로 지내왔던 라이언.

기자들도 그의 이야기에 공감하듯이 고개를 끄덕였다.

또한, 공교롭게도 이번에 은퇴경기를 맞이하는 감독이 레알 마드리드에도 있었기에 기자들은 신이 났다.

곧 수많은 기자의 질문 세례를 체르니에게 했다.

초점은 역시 은퇴. 맨체스터 유나이티드 감독이든 체르니든 한 시대를 풍미한 감독들이기에 스토리가 될만하다는 것을 기자의 본능으로 느끼고 있었다.

"이번 시즌 끝나고 은퇴하신다는 소문이 있습니다."

기자 중에는 레알 마드리드를 좋아하는 사람들도 있었다.

그의 은퇴 소식에 안타까워하는 표정들이 눈에 보였다.

늘 그렇지만, 명장의 끝은 아쉬움이 가득하다.

옆에서 바라보는 반디 역시 마찬가지다.

그래서 그는 미소를 지으며 손을 들었다.

그가 인터뷰를 좋아한다는 것을 아는 기자들은 웃었다.

감독에게 질문했는데 대신 대답하려는 그가 재미있었기에.

"이미 아시겠지만, 내일 경기에 우리는 두 명을 떠나보내게 됩니다. 한 명은 전설을 썼던 선수, 씨날두, 그리고 또 한 명은 제 옆에 계신 감독님이시죠."

"……"

"우리는 이 두 분께 바칠 은퇴 선물을 생각하고 있었습니다. 그래서 내일 경기에서 맨체스터 유나이티드를 꺾고 반드시 '트레블'을 이룩하는 게 선수단의 목표입니다."

트레블이라는 말을 강조하는 반디.

그의 눈빛이 빛나고 있었다.

퍼스트 터치

FIRST TOUCH

Chapter 71

"어쩌자고 그런 말을 했어? 나 완전히… 감동했잖아! 이 자식아!"

기자회견을 마치고 호텔로 돌아오는 반디를 맞이하며 장난스럽게 말하는 씨날두.

"맨체스터 유나이티드의 수석 코치가 더블을 노린다고 해서, 저는 더 세게 베팅한 겁니다. 이제 선수들이 더 노력하겠죠. 두 명의 은퇴가 걸린 경기인데. 안 그래요? 하하하."

반디가 웃으며 그의 이야기를 받았다.

사실 전날 저녁 씨날두를 빼고 선수들을 모은 반디.

기자 회견에서 돌출발언을 한 것이 아니라, 이미 은퇴 선물은 계획되어 있었다.

그런데 안타깝게도 다음 날 오전, 즉, 경기 당일 아침에 씨날두는 고열과 몸살을 겪었다.

"감기야. 오늘 뛰는 것은 힘들겠는데."

레알 마드리드의 메디컬 센터장, 세란테스로가 고개를 저으며 말했다.

"젠장, 전혀요? 조금도 못 뛰나요?"

"무리한다면야 뛸 수 있지. 하지만 경기 하루 이틀 하나? 앞으로 선수 생활…."

세란테스로는 습관적으로 했던 말을 씨날두에게 하다가 멈추고 말았다.

생각해보니 은퇴경기였다. 자신이 하는 말이 맞지 않는다는 것을 느꼈다.

"아무튼, 오늘 뛰는 것은 무리야."

약간 겸연쩍은 표정으로 그렇게 마무리하며 방을 나가는 세란테스로.

그러자 체르니가 씨날두에게 위로하면서 말했다.

"은퇴 경기는 클럽에서 다시 잡아줄 거다. 너무 연연하지 마라. 괜히 무리했다가 큰일 나니까."

그 말을 듣고 씨날두는 아무런 반응을 나타내지 않았다.

체르니 역시 더 말하지 않고 방문을 나왔다.

코치에게 맡긴 전술 지시에 다시 바통을 이어받아야 했다.

선수들은 씨날두만 빼고 다 나와 있었다.

반디가 대표해서 체르니에게 물었다.

"감기라고 들었는데 사실인가요?"

고개를 끄덕이며 표정으로 대답하는 체르니. 그런데 선수들의 시선이 자신이 아닌 뒤를 본다는 것을 알았다.

그곳에는 유니폼을 입고 온 씨날두가 있었다.

"오늘이 제 인생 마지막 경기입니다. 뛰게 해주십시오."

어제까지만 해도 장난스럽게 말했던 그의 목소리가 꽤 진지해졌다.

체르니는 그의 얼굴을 물끄러미 보았다.

반디는 이 둘의 상황을 이제야 파악했다.

씨날두야 선수로서 마지막이었지만, 체르니에게 오늘은 그의 축구 인생에서 마지막으로 지휘할 수 있는 경기였다.

당연히 승리하고 싶은 마음이 굴뚝 같았을 것이다.

그런데 컨디션이 좋지 않은 선수를 내보낸다는 것은 팀에 해를 끼치는 것일 뿐만 아니라, 자신의 마지막 경기를 망치게 되는 일이기도 했다.

공교롭게도 씨날두의 마지막 무대에서 발생하니 고민하는 것이리라.

하지만 반디의 귀에 들리는 체르니의 목소리는 다시 한 번 그가 왜 명장인지를 알게 해주었다.

"오늘은 나의 마지막 경기다. 그런데 네 몸이 아프니, 내 마음이 아프구나. 반드시…."

"......."

"승리해서 트레블을 이루면 그게 치료제가 되겠지? 하하하."

반디도 그 웃음을 듣고 같이 웃었다.

"그럼 저희는 약사군요. 오늘 반드시 승리해야 하는 이유가 하나 더 늘었네요. 하하하."

웃음 바이러스가 하나둘 퍼졌다.

그리고 돌고 돌아서 다시 씨날두에게 갔다.

그래도 그는 완전히 비현실적이지는 않았다.

씨날두는 풀타임을 주장하지 않았다.

빅토르에게 다가가서 이렇게 말하는 것만 봐도 알 수 있었다.

"전반전만 뛸게. 후반전에 네가 수습해야 하는 일이 없게 만들 거니까… 걱정하지 마라."

"아… 아… 괜찮아요. 하하… 제가 뭘…."

빅토르의 더듬거리는 말을 듣고 반디가 고개를 돌리며 웃음을 참았다.

선수들이 웃는 틈에서 살짝 억지웃음을 지었던 빅토르였다.

반디도 그것을 발견했는데, 씨날두 역시 알아챈 모양이다.

씨날두의 감기로 잠시 선발 기회를 잡았던 빅토르의 실망.

그것을 저렇게 풀어주니 확실히 배울 점이 많은 선배였다.

또한, 그 이후에 전술 훈련에도 마찬가지였다.

최선을 다해 뛰는 것은 아니었지만, 그의 넓은 시야는 경험이 왜 중요한지를 알게 해주었다.

"다름 아닌 맨체스터 유나이티드야! 오후 경기는 속도전이 될 거라고. 빠르게 막고 빠르게 역습하지 않으면 이기기 힘들 거야."

그가 맨체스터 유나이티드 출신이라는 것은 널리 알려진 사실.

물론 그때의 맨유와 지금의 맨유는 다를 수도 있었다.

하지만 전통이라는 것, 전술과 위닝 멘탈리티라는 부분은 쉽게 바뀌지 않았다.

씨날두가 이 핵심을 파악하고 선수들에게 전달하는 이유가 바로 그것 때문이었다.

사실 반디도 맨체스터 유나이티드 전은 최초였다.

유소년 시절 아스널과도 붙어봤고, 연습 경기에서는 첼시와 싸워봤다.

그런가 하면 맨체스터 시티도 만나본 반디.

이번에는 프리미어리그뿐만 아니라 세계 최고의 인기팀인 맨체스터 유나이티드와의 경기가 기대되었다.

기대심리는 팬들이 더 컸다.

이를 반영하듯이 캄프 누에는 관중들로 가득 찼다.

독립 이야기가 나오긴 했지만, 아직 바르셀로나는 스페인이었다.

외세의 침입이 있으면, 내부의 단결이 이루어진다고 했는가.

반디의 눈에 레알 마드리드를 응원하는 사람들이 비쳤고, 귀에는 그들의 외침이 들렸다.

선수들 한 명 한 명 응원하려는 피켓도 보였다.

씨날두의 감기 소식은 어떻게 알았는지 언론에 보도되었고, 관중석에는 '감기여 물러가라!' 라는 피켓도 나와 있었다.

다행인지 모르지만 상대 팀에도 변화가 있었다.

맨체스터 유나이티드의 감독이 이번 경기에 참석하지 못할 정도로 병이 악화한 것이다.

큰 병은 아니라는 소식이 나왔다.

하지만 급성 폐렴으로 절대 안정을 취한다는 뉴스에 맨체스터 유나이티드의 팬들은 낙담했다.

그래도 사기가 꺾이기 싫은지 캄프 누를 메운 팬들의 고함은 더더욱 커졌다.

이제는 어떤 팀을 응원하는지도 모를 함성의 섞임.

반디는 호흡을 고르며 옆에 있는 아이의 손을 잡았다.

조막만 한 손바닥의 부드러움.

남자아이였는데, 자신을 한없이 존경스러운 눈으로 바라보고 있었다.

"이름이 뭐지?"

"따밀이요."

반디의 물음에 아이가 쑥스러운 목소리로 대답했다.

"오늘 내가 몇 골을 넣을 것 같아?"

반디가 다시 한 번 묻자 작은 소년은 한참을 망설인 뒤에 이렇게 말했다.

"저… 저는 씨날두가 해트트릭할 것 같아요."

"……."

갑자기 꿀 먹은 벙어리가 된 반디.

바로 뒤에 씨날두를 쳐다보았다. 이쯤 되면 킥킥대면서 자신을 놀렸을 텐데…

말이 없었다. 얼굴은 빨갛고, 눈빛은 약간 멍해 있었다.

걱정된 것은 당연한 일. 반디는 필드로 나가면서 그의 이름을 불러보았다.

"씨날두…."

대답이 없었다. 하지만 골문을 바라보는 그의 눈빛은 달라져 있었다.

'예측하기 힘들다. 오늘 씨날두는….'

결국, 방해하지 않기로 마음먹은 반디.

대충 씨날두의 생각은 읽었다.

이기겠다는 일념은 최상으로 끌어올렸지만, 몸 상태가 좋지 않다는 불안감 또한 머릿속에 가득 찼으리라.

복잡한 심경을 지닌 이에게 무언가를 말해서 더 복잡해지게 만들 필요는 없었다.

차라리 자신에게 집중했다.

맨체스터 유나이티드는 절대 만만한 팀이 아니었기에.

전문가들과 도박사들의 예상 또한 5:5로 팽팽했다.

그렇다면 맨체스터 유나이티드의 전력이 더 탄탄하다는 뜻이나 마찬가지였다.

캄프 누라는 공간이 레알 마드리드의 홈은 아니지만, 스페인 사람들의 접근성이 훨씬 좋으므로.

마치 프리미어리그 팀이 웨일즈에 있는 밀레니엄 구장에서 경기를 치르면 홈이 되는 것이나 마찬가지다.

각 팀의 변수는 한 가지였다.

맨체스터 유나이티드의 감독 부재와 레알 마드리드의 씨날두 몸 상태.

"삐이이이익!"

심판의 호루라기에 의해 그 변수들이 뚜껑을 열었다.

일단 선공은 맨체스터 유나이티드였다.

반디의 눈에 공이 중앙 미드필더로 가는 게 보였다.

맨체스터 유나이티드의 전설적인 미드필더 폴이 있었을 때와 마찬가지로, 최근 공을 조율하는 데 절정에 달해 있다는 잉글랜드 출신의 크라이슨이 좌우를 살폈다.

반디는 그를 향해 뛰어갔다. 빠른 전방 압박으로 공을 쉽게 전달하지 못하도록 한 것이다.

물론 그는 공을 더 소유하지 못했다.

다가오는 반디가 종종 전방 압박으로 공을 잘 뺏는다는 것을 알았기에 오른쪽으로 패스했다.

레알 마드리드에서 본다면 왼쪽으로 공이 이동했다.

반디의 시선도 따라갔다. 그런데 그곳에는 같이 전방 압박을 하기로 되어 있는 이가 존재하지 않았다.

씨날두는 꽤 처져 있었다.

벌써 체력을 아낄 리는 없다고 생각한 반디.

어쩔 수 없이 그 방향으로 뛰어가기 시작했다.

공은 다시 중앙으로 왔다.

생각보다 더 손쉽게 전방 압박을 벗겨 내는 모습이었다.

그럴 수밖에 없었다.

축구는 매우 유기적인 스포츠이기 때문에 열한 명 중 하나가 제 역할을 하지 못하면 문제가 생기기 쉽다.

지금 그 문제가 드러났다.

맨체스터 유나이티드가 오른쪽 측면을 이용하기 시작했다.

좌측과 우측의 윙이 강할 때, 맨체스터 유나이티드의 공격력은 빛이 난다.

다른 사람도 아닌 씨날두가 그것을 아주 잘 알고 있었다.

그 자신이 맨체스터 유나이티드의 윙 아니었는가?

당시 한국 출신의 윙인 주영환과 더불어 맨체스터 유나이티드의 전성시대를 열었다.

오늘 대결은 그래서 감회가 깊어야 하는데, 몸이 따라주지 않았다.

'무리'를 한다면, 전방 압박을 수행할 수 있었다. 그러나 그래서는 안 된다는 본능이 그를 지배했다.

옆에서 보는 반디 역시 그것을 알았다.

그래서 전반전에 더 뛰어 씨날두가 맡았던 공간을 나누기로 결심한 반디는…

촤아아아악!

슬라이딩을 가했다.

"크윽!"

자신의 발에 걸려 넘어진 크라이슨.

"삐이이익!"

심판이 휘슬을 불었다.

당연히 반칙이다. 반디도 이를 인정하고 손을 들어 올렸다.

그런데 심판의 손이 주머니로 갔다.

약간 거칠기는 했지만, 경고를 받을만한 상황까지는 아

니었다고 판단되어 반디의 눈은 약간 커져 있었다.

"실수예요! 실수! 정말입니다."

반디가 억울한 목소리를 내며 심판에게 말했다.

"초반이니까 더 그러지 말았어야지. 재미있어야 할 결승전에서 반칙이 많이 나오면 되겠어?"

독일 심판이었다. 무슨 말인지 하나도 알아듣지 못했다.

다행인 점은 옐로카드를 꺼내지 않았다는 점.

구두주의로 끝내고 배니싱 스프레이를 공 주변에 뿌리는 심판이었다.

일단 레알 마드리드에는 타미가 있었다.

그가 반디에게 그것을 번역해 주면서 자신의 사견까지 덧붙였다.

"독일에서 경기할 때 꽤 고지식하다고 유명했던 심판이었어. 그러니까 거칠게는 하지 마."

"네, 알았어요. 큭."

의도적으로 거칠게 태클하기는 했다. 초반부터 기 싸움에서 이겨야 상대의 공격 작업이 조심스러워진다고 여기면서.

그런데 그게 심판의 눈에 보였나 보다.

앞으로 제한이 좀 생길 거로 여기며 반디는 어색한 미소를 지었다.

이 모습을 보고 있던 관중석의 박정.

오늘 그는 챔피언스 리그의 결승전을 놓치기 싫어서 왔다기보다는 반디만을 위해서 찾아왔다.

지난번에 동행했던 이명훈 역시 그의 옆에 앉아있었다.

"태클이 거칠군요. 아버지를 닮았네요."

"……!"

이명훈은 박정의 입에서 반디의 아버지 이야기가 나오자 깜짝 놀랐다.

"알고 있었어?"

"왜 제가 모른다고 생각하셨습니까?"

박정의 눈은 고요히 명훈을 바라보았다. 아주 잠시였지만, 번뜩이는 카리스마는 역시 숨길 수 없었다.

명훈의 당황하는 얼굴을 보면서 재미있다는 표정도 담겨 있었다.

실제 명훈은 당황했다.

"서… 설마 그 이야기를 저 아이에게 할 것은 아니지?"

"글쎄요…."

박정은 다시 시선을 필드 위로 옮겼다.

대한민국의 축구 협회는 많은 면에서 변화했다.

새로운 회장의 적극적인 자세와 집행부의 자성, 그리고 환골탈태(換骨奪胎).

박정은 예전과 달라진 축구협회의 일 처리에 여러 가지

조건을 제시하며 감독직을 맡았다.

그중 하나가 선수 선발권의 완벽한 위임.

선수 발굴에 일가견이 있는 그의 요구를 협회가 듣지 않을 리가 없었다.

분데스리가의 선수들은 물론 매의 눈으로 프리미어리그의 떠오르는 미드필더, 태양과 세리에 A의 리베로 유인까지 발견해 냈다.

단 하나, 그가 아쉬워하는 게 있다면 바로 스트라이커.

바르셀로나의 최선율과 레버쿠젠의 현기수가 있다지만, 레알 마드리드의 반디는 스트라이커 중 스트라이커라고 생각했다.

처음에는 '안 되면 말고' 귀화 찔러보기에 나선 박정.

이제는 직접 나서기로 했다.

그러다가 발견했다. 그가 자신을 부상시킨 김우혁의 아들이라는 것을.

박정은 필요하다면 충분히 이기적일 수 있는 사람.

반디를 설득하기 위해서 수단과 방법을 가리지 않을 수 있었다.

명훈은 그게 살짝 우려되었다.

물론 그 역시 민선에게 운을 띄우며 반디의 귀화에 영향을 미치려고 했다.

실패로 끝났기에 다행이라고 생각한 명훈.

이제 박정이 나선다면 작은 일이 아닐 것으로 생각되었다.

"그걸로 흔들릴 아이는 아닐 것 같아."

"저도 알고 있습니다. 그래서 생각해 보는 중입니다. 어떻게 하면 효과적으로 저 아이의 마음을 건드릴 수 있을지."

박정의 담담한 말을 듣고 어쩌면 가능할지도 모른다고 생각했다.

이들의 관심을 한몸에 받고 있는 반디는 지금 최선을 다해 뛰고 있었다.

아니 레알 마드리드 자체가 수세에 몰렸다.

누구 하나 때문에 이렇게 되었다고 말하기는 힘들지만, 일단 씨날두가 구멍이라는 것을 부정할 수 없었다.

확실히 정상 컨디션이 아닌 것으로 드러났다.

잘 뛰지 못했을 뿐만 아니라, 볼 컨트롤 미스를 자주 범했다.

이것을 메우느라 정신없는 반디.

그나마 그의 활동량 덕분에 치명적인 위기는 없었다.

그래도 맨체스터 유나이티드의 빠른 속도가 느껴질 때면, 머리에서 위기감지가 되었다.

이제 완벽하게 경기장과 흐름에 적응했는지, 중앙과 측면에서 왔다 갔다 하는 공에 농락당하는 레알 마드리드였다.

개인기도 좋지만, 속도전에서는 가히 세계 최고라는 느낌이 들었다.

만약 마리오가 가로채지 않았다면, 그대로 뚫려서 큰 위기를 초래할 뻔했다.

"여기야! 여기!"

위기 다음에는 기회였다. 반디는 손을 번쩍 들며 앞으로 뛰어 나갔다.

그의 오른쪽에서는 페드로가 있었다.

왼쪽은 씨날두가 있었지만, 전성기의 속도에는 한참 모자랐다.

당연히 공은 반디에게 와서 페드로에게 전달되었다.

역습 속도가 눈부셨다.

그런데 그것을 막으러 오는 맨체스터 유나이티드의 풀백도 만만치 않았다.

엄청난 스피드로 달려와서 태클하더니…

"크윽!"

페드로가 넘어졌다. 심판이 손바닥을 아래로 하며 양손으로 반칙이 아니라는 표시를 했다.

그러자 맨체스터 유나이티드의 재역습 기회.

적절한 숏패스와 롱패스가 거듭되며 반디가 쫓아갈 수 없는 속도로 공이 날아갔다.

중앙을 한 번 찍고 다시 노리는 곳은 당연히 왼쪽.

그곳에 레알 마드리드의 왼쪽 풀백도 있었지만, 씨날두도 존재했다.

이미 맨유의 중앙 미드필더, 크라이슨은 그를 없는 존재처럼 여겼다.

그래서 대놓고 그쪽으로만 공을 공급했다.

특히 이번에는 반디도 공간을 메울 수 없는 상태.

맨유의 오른쪽 윙이 파괴적인 움직임을 보이면서 씨날두를 뚫었다.

"안 돼!"

반디의 입에서 자신도 모르게 외침이 나왔다.

씨날두가 뚫리면 풀백 혼자 맡아야 하는데, 맨유의 포워드가 이미 나와서 스크린 플레이(자기편이 잘 갈 수 있도록 수비수를 막아주는 행위)를 했다.

당연히 맨유의 오른쪽 윙에게 널따랗게 펼쳐져 있는 공간.

그 안으로 진입했을 때, 안토니오가 그를 막으러 나왔다.

이것 또한 어쩔 수 없는 선택이었지만, 중앙을 비우는 치명적인 위기를 초래했다.

크라이슨이 중앙으로 들어가며 빠르게 흘러들어오는 패스를 톡… 쳤다.

부상 복귀 후에 다시 골문을 지키는 베른하르트가 방향을 잘 잡았지만, 결국은 골문 안으로 들어가는 공.

"와아아아아아!"

드디어 첫 실점을 했다.

그 누구보다도 씨날두의 고개가 깊게 떨구어졌다.

툭. 반디는 미소를 잃지 않으면서 그에게 말했다.

"씨날두, 제가 존경하고 있다는 것 아시죠? 그런데 지금 실망할 뻔했어요."

"미안하구나. 몸이 안 따라준다. 괜한 욕심을 부렸으니… 실망한다는 말을 들어도 할 말이 없다."

"그게 아니라 한 번 실수로 이렇게 고개 숙이는 것. 씨날두 답지 않아요. 레알 마드리드의 우승 트로피를 지금까지 엄청나게 수집하도록 도우셨잖아요. 솔직히 오늘 패배해도 아무도 원망하지 않을 겁니다."

반디의 미소 띤 말에 씨날두의 얼굴은 감격의 빛을 보였다.

와락. 뒤에서 듣고 있던 안토니오도 마찬가지.

그는 몸으로 표현했다.

두 사람을 한데 안으며 이렇게 말했다.

"한 골 먹어서 드디어 부담 없어졌어. 너무 팽팽해서 제 플레이가 안 나왔거든. 그리고 사실 우리끼리 대화도 안 했어. 말없이 뛰기만 하니… 하하하."

"그러네요. 저도 하지 마. 안 돼! 이런 말만 했지 뭡니까? 좋습니다. 이제 좀 잔소리를 해야겠어요."

"윽."

안토니오의 표정이 바뀌었다.

겉으로 보기에는 한없이 밝고 유한 모습의 반디였지만, 한 번 잔소리하기 시작하면 귀가 아플 지경이었기에.

중앙선에서 공을 놓고 뒤를 돌아보는 반디.

정말 잔소리를 할 것인지 자신을 보는 선수들이 있었다.

미소를 지으며 입을 열어 파이팅을 외쳤다.

그러자 선수들이 따라서 분위기를 돋웠다.

"그래! 이제 시작이다!"

"좋았어. 한 번 해보자!"

전반전 15분. 1:0으로 뒤진 상황.

레알 마드리드의 반격이 시작되었다.

출발은 중앙선이었지만, 공은 뒤로 돌리는 것으로 상대를 진영에 끌어들였다.

전방 압박은 이미 세계적인 추세였다.

맨체스터 유나이티드라고 그 추세를 따르지 않을 리가 없었다.

반디는 아까 괜찮다고 말했지만, 이 기세를 누그러트리기 위해서는 전체 선수들의 활동량이 중요하다고 여겼다.

그중 그의 시선에 보이는 한 사람.

씨날두가 뛰고 있었다. 아까보다 훨씬 나은 모습으로.

어쩌면 몸이 아니라 정신이 문제였을지도 모른다.

몸이 아파서 활동량이 적었다기보다는 몸이 아픈 것을 의식하고 체력 조절을 했다는 생각.

그것이 반디의 머릿속을 꿰뚫고 지나갔다.

"좋습니다! 좋아요! 씨날두, 파이팅!"

그래도 옆에서 격려해주는 것을 잊지 않았다.

어떤 이유에서든 씨날두가 달라졌다.

안토니오까지 갔던 공이 베른하르트를 거쳐서 다시 수비진에게, 그리고 정말 가야 할 장소인 나단에게 도착했다.

손을 번쩍 든 씨날두가 더 빠른 스피드로 중앙선을 넘어갔다.

공은 결을 따라서 씨날두의 앞 선까지 흘러들어 갔다.

터치라인에 바짝 붙은 씨날두의 발이 공을 컨트롤하기 시작했다.

"드리블 속도가 37.1km라고 그랬지 않았나?"

라이언이 눈을 번쩍 뜬 채 누군가에게 물었다.

"네, 맞습니다. 그것도 전반기 초반에 기록한 수치였죠. 지금은…."

전술 코치 하나가 대답하다가 라이언과 같은 표정이 되었다.

씨날두의 속도가 생각보다 더 빠르게 느껴졌기에.

간접 비교가 가능한 이유는 아까 페드로의 속도 때문이었다.

분명한 것은 지금 씨날두의 속도가 아까 페드로의 드리블 스피드보다 더 앞서 보인다는 것.

"저 녀석 회춘한 건가?"

여유 있는 말을 애써 하며 마음을 달래보지만, 표정까지 숨길 수는 없었다.

현재 라이언은 갑작스러운 씨날두의 분발에 당황하는 모습이 역력했다.

오늘 아침에 들은 씨날두의 감기 소식.

그것에 대비해서 오른쪽 공격 루트를 정비했다.

그러다 보니 수비력이 좋은 풀백이 아니라 공격력이 좋은 풀백으로 엔트리를 짰다.

작전은 대성공이라고 여겼다.

레알 마드리드의 왼쪽을 유린했던 맨체스터 유나이티드의 오른쪽 윙과 풀백 조합.

하지만 저렇게 되살아나리라고는 전혀 예측하지 못한 채, 이제는 반대로 씨날두에게 팀의 오른쪽이 유린당하고 있었다.

강력한 카운트 어택이었다.

씨날두의 화려함이 이제야 발휘되는 것 같았다.

옆 라인에 있는 관중석들이 모두 일어서며 박수를 치고

환호를 보냈다.

"뛰어! 뛰라고!"

"그래, 바로 그거야! 네가 나의 전설이야!"

옛날부터 씨날두를 좋아했던 팬들의 아우성.

그들의 가슴 속에 전설이 된 한 남자의 질주가 다시 시작되었다.

그리고 완전히 맨체스터 유나이티드의 진영 깊숙한 곳에 이르렀을 때, 그의 발에서 크로스가 올라갔다.

예전 같으면 대각선으로 들어가서 직접 슈팅을 때리곤 했는데, 이제는 그럴 필요가 없었다.

그에게는 세상에서 가장 훌륭한 마무리를 해줄 수 있는 반디가 있었기 때문에.

공의 궤적이 골키퍼가 절대 손댈 수 없을 정도로 꺾였기에, 일단 맨체스터 유나이티드의 수문장은 지키는 것을 선택할 수밖에 없었다.

반디를 견제하는 수비수가 잘 막기를 속으로 기원하면서.

아까부터 페널티 에어리어 안에서 기다리던 맹수.

그의 허벅지의 근육 신경이 자동으로 힘을 주며 신호를 보냈다.

종아리 역시 마찬가지. 불끈 일어서는 힘줄은 반디에게 탄력이라는 선물을 제공했다.

휘이이익!

몸을 띄우는 타이밍이 절대 감각이라는 것을 보여주었고, 그를 따라 뒤늦게 수비수 하나가 같이 공중을 향했다.

그러나 이미 늦었다.

텅!

턱에 힘을 주고 이마에 정통으로 맞힌 공은 보내야 할 때를 정확히 아는 스트라이커라면 득점을 예감할 바로 그 장소에 떨어졌다.

골키퍼가 튀어 올랐지만, 결코 닿을 수 없는 오른쪽 윗단.

텅! 거기다가 크로스바를 맞고 튕겨 들어가기까지 했다.

출렁!

반디의 헤딩 슛이 드디어 명중했다.

잠시 균형을 잃고 바닥에 쓰러진 반디는 바로 일어나서 달리기 시작했다.

당연히 자신에게 고급 크로스를 선물해준 씨날두를 향해서였다.

이미 그를 기다리고 있는 듯 씨날두의 두 팔이 벌려졌다.

풀쩍 뛰는 반디의 무게를 감당하겠다는 듯이 다리에 힘을 잔뜩 준 채.

반디가 공중에서 씨날두에게 안겼을 때, 쿵쾅거리는 소

리는 과연 누구의 심장에서 나는 것이었을까?

아마도 둘 다의 것이리라.

만약 TV에서 지켜본다면 아만다가 살짝 질투심을 느낄 만큼 우정의 포옹이 이루어졌다.

이제 1-1. 승부는 원점이다.

하지만 아까와 다른 점은…

씨날두와 반디의 호흡이 살아났다는 것.

아직도 골망은 춤을 추고 있었다.

경기의 균형이 드디어 다시 맞아떨어졌다.

심리적인 부분은 그 이상이었다.

먼저 선취득점한 팀이 실점했을 때 가끔 나타나는 현상으로 맨체스터 유나이티드 선수들의 표정이 '멘붕'에 빠져 있었다.

"이제 이겼어."

체르니가 웃으며 여유 있게 말했다.

"벌써요? 너무 맨체스터 유나이티드를 쉽게 보신 것 아닙니까?"

아구스틴은 진지한 얼굴로 물었다.

"오늘 게임은 누가 불안 요소를 빨리 제거하느냐에 달려 있었어. 전문가들도, 도박사도 승패의 확률을 절반으로 예측한 이유가 바로 그거지. 헌데… 봐봐. 씨날두가 극복했잖아. 그러니까 이긴 거지. 안 그런가? 하하하."

"그… 그런가요?"

아구스틴은 아직도 미심쩍은 목소리로 반응했다.

물론 그가 생각하기에도 이제 라이언의 위기관리 능력을 봐야 한다는 점에서 맨체스터 유나이티드보다 레알 마드리드에 승리의 확률이 높긴 했다.

그러나 승리를 확신하기에는 너무 시간이 많이 남아 있었다.

옆에서 지켜보는 체르니가 오히려 인생 마지막 경기에서 마음을 비운 것 같았다.

어제까지만 해도 '반드시 이기겠다'에서, 오늘은 '지면 어떤가? 즐기자!'라고 결심하는 게 눈에 보였다.

관전자의 태도. 아구스틴은 살며시 고개를 끄덕였다.

사실 이게 중요했다. 괜히 욕심을 가지고 힘이 들어가는 순간 문제가 생길지도 모른다.

부담이 생기면 경기가 제대로 풀리지 않을 테니.

이것을 경험으로 체득한 체르니.

반면, 감독으로서의 경험이 거의 없는 라이언은 이제부터가 본격적인 시험 무대였다.

만약 여기서 이겨낸다면, 맨체스터 유나이티드는 감독의 은퇴에 발맞춰 그를 20년 대계로 보고 계약할 것이다.

그렇지 못하다면, 답은 정해져 있다.

수석코치로서 더 기다리거나, 다른 곳으로 떠나거나.

'그럴 순 없다.'

라이언의 눈빛이 더 강해졌다.

그는 오른쪽 풀백의 교체 선수를 머릿속에서 지워 버렸다.

아직도 많이 남은 시간. 현재의 전술을 바꿀 필요는 없었다.

분명히 씨날두는 전반전 용이라고 여겼다.

그래서 전후반 휴식시간에 그는 계속해서 공격을 부르짖었다.

성난 파도처럼 많은 선수가 중앙선을 넘어가라고.

발 빠른 수비수의 존재 덕택에 상대의 역습에 웬만해서는 당하지 않을 것이다.

라이언은 그렇게 확신하며 선수들에게 최면을 걸듯 반복해서 말했다.

후반전 시작할 때 선수들의 눈빛을 보며, 그는 이 전술이 잘 먹히리라 생각했다.

하지만 씨날두가 계속 나오는 것을 보고 그의 얼굴에 약간 암담함이 깔렸다.

"저쪽 감독 대행이 헷갈리겠네요."

"라이언뿐 아니라 나도 헷갈리는데, 오죽하겠나? 허허허."

아구스틴의 말에 체르니가 웃으며 뒤를 돌아 보았다.

벤치에 배를 움켜쥐며 앉아 있는 빅토르가 눈에 들어왔다.

인상을 쓰지만, 체르니의 나이쯤 되면 그가 꾀병을 부린다는 것쯤을 잘 알 수 있다.

씨날두는 당연히 전반전만 뛰려고 생각했다가, 복통을 호소하는 빅토르 덕분에 후반전에도 나가야 했다.

필드 위에서는 반디가 씨날두의 정신무장을 부탁했다.

"빅토르, 저 녀석. 웬만하면 지가 뛴다고 할 겁니다. 그런데 정말 컨디션이 좋지 않나 봐요. 어쩔 수 있나요? 몸안 좋으시겠지만, 오늘 풀타임 생각하셔야 할 것 같아요."

그렇게 말하고 뒤를 돌아보며 선수들에게도 똑같은 정신무장을 요구했다.

"연장 가면 안 돼요! 알았죠? 누군가의 은퇴경기를 탈진해서 병원에 실려가게 만드는 게임이 돼서는 안 됩니다. 하하하."

선수들의 눈빛은 달라지기 시작했다.

사실 이미 후반전에 맞춰 필드에 들어올 때 눈빛은 많이 무장되어 있었다.

누군가의 은퇴 경기. 이곳에서 뛰는 어린 선수 중 씨날두의 팬이 아니었던 사람은 없을 것이다.

한 때 자신의 우상이었던 사람을 위해 달린다.

그것만큼 스토리가 완벽한 결승전이 어디 있겠는가?

벤치에 있는 빅토르도 마찬가지였다.

챔피언스 리그 결승전. 꿈의 무대를 생각 끝에 포기했다.

아니 아직은 아니었다. 씨날두가 후회 없이 뛸 때까지는 꾀병을 부릴 작정이었으니.

후반전이 심판의 호루라기로 시작되자 그는 눈치를 보다가 일어서 체르니의 앞에 갔다.

"감독님… 조금 좋아지는 것 같은데 슬슬 몸 좀 풀겠습니다. 혹시 모르잖아요. 씨날두도 몸이 안 좋은 데, 괜히 저까지 폐를 끼치는 것 같기도 하고."

"오호… 내가 부탁하려고 했는데. 고맙구나. 그래 줄 수 있다면 정말 좋겠어."

이제 레알 마드리드는 하나의 완벽한 팀이었다.

경기에서 뛰는 선수들뿐만 아니라 벤치에 앉아 있는 이들 모두가 같이 공감하며 게임 하고 있으니 말이다.

이들에게 중요한 것은 당연히 승리였다.

하지만 그것은 수단과 방법을 가리지 않는 승리가 아닌, 모두의 가치를 실현하는 승리일 것이다.

반디는 벤치에서 빅토르의 몸 푸는 모습에 살며시 미소를 지었다.

자신이 생각하는 레알 마드리드가 거기에 있었다.

그의 머리에 정체성이 확립되는 순간이다.

한국이 요구하든 카탈루냐가 독립해서 그를 필요로 하든 간에…

'내가 이제 레알 마드리드다. 우리가 모두 레알 마드리드야.'

이제 그 누구에게도 내세우고 싶었다.

현재 자신이 서 있는 이곳, 스페인의 아들이자 자랑스러운 레알 마드리드 선수라는 것을.

기량과 전술이 압도적이지 않는 한, 승리를 위한 의지가 경기력에 영향을 끼칠 수밖에 없었다.

씨날두는 날카로운 침투를 계속 했으며, 안토니오는 철통처럼 방어했다.

그런가 하면 수비수 앞에 선 마리오의 키핑 능력과 중앙에서 시야 넓은 패스를 거듭하는 타미의 기량은 가히 신구의 조화라고 표현해도 좋으리라.

그 윗선에서 나단이 절묘한 터치와 패스로 공을 뿌려댔다.

페드로와 씨날두가 자리를 바꿨을 때에 나타나는 파괴력은 맨체스터 유나이티드에서 제2의 통곡의 벽들로 불리는 포백을 무너트리고 있었다.

중심에는 역시 반디가 뛰어들어갔다.

어디에서 패스하든 속도가 빠르든 느리든 그의 퍼스트 터치는 완벽해져 있었다.

골을 넣지 못할 곳은 도대체 어디일까?

오늘 그것을 실험하듯이 왼쪽 사각 지역에서 찬 슛이 골키퍼의 옆을 스치고 지나가 버렸다.

두 번째 득점. 라이언의 굳은 표정을 무너트리는 역전 득점.

그는 양손을 번쩍 들었다.

하지만 자만하지 않았다.

맨체스터 유나이티드 선수들의 위닝 멘탈리티.

그게 눈에 보인 순간 최전방에서 다시 압박하기 시작했다.

그리고 체력에 한계가 온 씨날두가 빅토르와 교체로 물러났을 때…

짝짝짝짝짝…

관중들의 기립 박수가 나왔다.

반디는 적지 않은 관중들이 눈물을 흘리는 것도 보았다.

심지어 맨체스터 유나이티드 선수들도 그에게 존경심을 표하느라 스로인을 멈출 정도였다.

반디는 생각했다. 지금 잠시 반짝하는 것은 아무 의미가 없다는 것을.

내년에는 자신이 세운 이 모든 기록을 다시 갈아치울 거라고.

그리고 그다음 해에도, 또 다음 해에도.

최소한 지금 씨날두만큼, 또한, 바르셀로나의 리오멜만큼 전설을 쓰고 은퇴할 때, 사람들의 머리에 평생 남을 선수가 되리라는 각오가 남은 시간에 그를 지치지도 않게 했다.

　이제 5분이 남을 무렵.

　맨체스터 유나이티드의 총공세가 펼쳐졌다.

　결승전에서 흔히 있는 상황이다.

　더구나 2-1로 단 1점 차이밖에 나지 않으니 무언들 선택 못 하겠는가?

　당연히 레알 마드리드가 일시적으로 밀리고 있었다.

　중앙 미드필더 크라이슨이 소리를 지르면서 맨체스터 유나이티드의 격렬한 공격을 이끌었다.

　순간적으로 중앙에서 스트라이커를 놓쳤고, 그가 강한 슈팅을 날렸다.

　반디는 두 손으로 머리를 감싸 쥐었다.

　제발 들어가지 말아 달라고 속으로 외친 그 순간…

　베른하르트의 멋진 선방이 이어졌다.

　튕겨 나온 공을 잡은 것은 안토니오.

　반디와 그의 눈이 마주쳤다.

　고개를 끄덕이며 반디가 몸을 돌렸다.

　탁. 왼쪽 발에 걸린 시동이 오른쪽 발에 전달되었다.

　허공을 날 듯이 태양을 향해 날아가는 페가수스처럼…

반디는 어느 한 지점으로 뛰었고, 기가 막히게 그의 눈 앞으로 공이 떨어졌다.

골문과 약 50m쯤 되지 않을까 싶었다.

한 번 튕긴 공이 다시 그의 키보다 높이 올라갔을 때, 당황하는 골키퍼의 모습이 들어왔다.

공을 막으려다가 너무 앞에 나왔는데, 반디의 발에서 출발한 공이 자신의 키를 넘을 것 같은 예감에 빨리 뛰어갔다.

통. 통. 통.

공보다 빠르지 않은 골키퍼가 출렁거리는 그물을 보고 걸음을 멈추었다.

추격 의지를 완전히 꺾어버리는 반디의 장거리 슛.

승리의 여신이 어느 방향으로 돌아서고 있다는 것을 알게 해주는 득점이었다.

관중들도 레알 마드리드도, 심지어 맨체스터 유나이티드도 다 알고 있었다.

"삐이이이익!"

심판도 이것을 인지한 것은 아닌지 모르겠다.

별다른 추가시간 없이, 호루라기를 부는 것처럼 느껴졌다.

이쯤 되면 최우수 선수상이 누구의 것인지도 정해진 것과 다름없었다.

세 개의 득점을 올린 사나이.

반디는 오늘 축구를 보도하는 많은 언론에 갖가지 모습으로 등장했다.

생각보다 인터뷰에서는 겸손한 모습을 보였다.

"운이 좋았습니다. 오늘 체르니 감독님과 씨날두 선수의 은퇴가 맞물려 선수들의 집중력이 그 어느 때보다 높았거든요. 거기다가…."

"……"

반디는 의미심장하게 눈빛을 빛내며 이렇게 말했다.

"스페인의 바르셀로나에서 경기한 것도 우리에게 유리했습니다."

'스페인'을 강조하는 그의 목소리.

독립을 주장하는 곳에서 울려 퍼졌다.

매우 민감한 사항이었다. 사람들이 양쪽 진영으로 갈려 목소리를 크게 낼 정도로.

하지만 반디의 멘탈은 이제 튼튼했다.

크게 마음의 상처를 받지 않고 시즌을 마치는 각종 행사에 참여했다.

주변 사람들 챙기는 것도 잊지 않았다.

특히, 자신의 영원한 스승 미구엘을 찾아간다는 것.

벼는 익을수록 고개를 숙인다는 말은 그에게 해당했다.

"슈퍼스타가 찾아와서 고맙구나. 하하하."

"에이, 쑥스럽습니다. 그런 말 하지 마세요."

처음 만났을 때에는 다소 젊은 지도자라고 할 수 있었는데, 인제 보니 중년의 아저씨가 되어 있었다.

미구엘은 그렇게 나이가 들었다. 약간 현실적이 될 정도로.

반디가 오자마자 한국 국가대표에서 코치 자리를 제안했다는 말을 고민한다고 한 이유가 바로 그 때문이었다.

"사실은 올리케 감독님이 추천했단다. 그런데 한국 국가 대표 감독도 강력하게 나를 원한다고."

"그래요?"

이제 반디는 느꼈다. 박정이 움직이기 시작했다는 것을.

이것을 머리가 좋다고 해야 하나?

아니면 자신에 대해서 꽤 많은 것을 조사했다고 봐야 할까?

반디가 가장 존경하는 사람이 누구라는 것을 꿰뚫고 있었다.

심지어 현재 축구협회를 움직이는 손, 프린스 그룹의 회장까지 나섰다.

레알 마드리드를 다시 한국으로 초대한 것이다.

이번에 5개국 클럽 대회는 상금 규모만으로 5백만 유로.

한국 돈으로 약 60억에 해당하는 금액을 통 크게 썼다.

이 대회에 초청하는 팀도 화려했다.

몇 년 전 반디가 참석했던 그 대회에서는 분데스리가의 올덴부르크 정도가 인지도 있는 팀이었다.

그나마 그때에도 그 정도는 아니었다. 그런데 지금은 올덴부르크를 원하는 많은 곳이 있을 정도로 강팀이 되어 있었다.

그 올덴부르크에 세리에 A의 유벤투스가 참여한다.

주최 측인 프린스 구단은 당연하고, 요즘 한창 주가를 올리고 있는 프리미어리그의 사우샘프턴도 참여를 결정했다.

레알 마드리드로서는 손해 볼 일이 없으니 당연히 참석한다는 통보를 했다.

다만 반디는 아만다의 출산이 임박한 관계로 상황을 봐야 한다고 구단에 이야기했다.

그렇게 시간이 흘러가고, 드디어 아만다에게 진통이 왔다.

퍼스트 터치

FIRST TOUCH

Chapter 72

FIRST Chapter 72 TOUCH

병원에 맨발로 올 정도로 급했던 순간.

새벽에 양수가 터졌다. 제왕 절개에 들어가기로 확정된 아만다가 걱정이 되어 서성대는데, 하비에르와 세실이 왔다.

"어떻게 되었나?"

"아직, 결과는 나오지 않았어요. 어젯밤 먹고 잔 음식물 때문에 지금 수술할 수 있는 상황까지는 기다려야 한다고…."

반디는 아이의 외할머니가 될 세실에게 자세히 설명했다.

최대한 걱정시키지 않으려면 같은 표정을 지어야 했는데,

반디 역시 축구 경기를 할 때보다 지금이 더 긴장되었다.

잠시 후에는 아만다의 아버지, 칸테로까지 왔다.

같은 설명을 반복하는 반디.

그때 아이가 태어났다는 소리에 흥분해서 모든 가족이 제각각 물어보았다.

"산모는요?"

"모두 괜찮나요?"

반디의 양부모와 민선, 그리고 처가까지.

갑작스레 많은 인원이 물어보자 간호사는 웃음을 지으며 차분하게 말했다.

"아이와 산모, 모두 건강합니다. 조금 있으면 보실 수 있을 거예요."

그리고 잠시 후 세상에 첫선을 보이는 생명.

아이는 눈도 제대로 뜨지 못했다.

모두 신기하게 아이를 바라보고 있었다.

사실 더 신기한 것은 이 아이가 가족에게 행복을 주고 있다는 점이다.

아이의 외할아버지가 된 칸테로는 레오나르도와 경쟁하듯이 자주 들렀다.

아이의 눈동자 색깔은 갈색.

자신의 유전자를 이어받았다고 반디에게 주장했다.

그 말을 들으면서 반디는 웃었다.

애초에 세실을 떠날 때, 아만다의 눈동자 색깔을 들었던 그였다.

아이가 태어나기 전에 반성하고 모녀에게 사과했기에 망정이지 그렇지 않았다면 더 큰 원망을 들을 뻔했다.

반디는 아이를 계속 보고 싶은 마음이 들었지만, 일단 레알 마드리드에 충성하기로 했다.

무엇보다도 다시 한국에 가기를 바랐다.

가서 해결해야 할 일이 있었기 때문이다.

이때쯤 스페인의 여론은 반디를 반드시 국가대표에 넣어야 한다고 말했다.

이제 스페인 국가대표 감독, 파블로 또한 힘주어 말했다.

"이제 스페인의 스트라이커들은 무한경쟁을 해야 합니다. 기존의 디에구스타와 카브레로 말고도, 분데스리가의 올덴부르크에서 뛰고 있는 호아킨이 있습니다. 무엇보다도 이번 시즌 레알 마드리드의 3관왕을 달성하는 데 결정적인 역할을 한 에스테반. 현재는 그가 가장 경쟁에서 앞서 있다고 생각합니다."

그의 발언에 때맞춰 헤수스가 전화했다.

한국에 가기 전에 반디에게 약속을 받아놓기 위해서다.

사람들은 잘 알고 있었다.

이번에 반디가 한국에 가면, 한국의 축구협회가 엄청난 설득을 하기 시작할 거라고.

그들의 예상이 맞았다.

공항에 도착한 첫날부터 환영인파와 더불어 나타난 기자단은 그에게 귀화 의사를 물었고, 축구 협회의 인사들까지 등장해 시간을 잡기를 원했다.

반디는 웃으며 노코멘트로 일관했다.

그리고 친선경기를 치르며 다시 한 번 월드 클래스의 실력을 뽐냈다.

모든 경기가 끝났을 때, 반디는 박정을 찾아갔다.

뜻밖의 방문에도 박정은 놀란 표정 없이 그를 맞이했다.

"결심했나?"

"네. 결심했습니다."

"그렇군."

이제야 궁금증이 얼굴에 떠오른 박정.

반디의 표정을 살펴보고 자그마한 실망이 터져 나왔다.

"발롱도르를 목표로 한다고 했다. 네 클럽 성적은 준수하지만, 알다시피 발롱도르는 국가대표 경기도 포함이 된다."

박정이 말한 의미.

예전에 프랑스 풋볼전문지가 시상하는 발롱도르였다면, 반디의 클럽 성적만으로 반디의 수상은 확실시되었다.

하지만 2010년부터 FIFA 올해의 선수상과 통합되어 전 세계에서 가장 뛰어난 선수 단 한 명에게 시상한다.

A 매치 성적도 중요하다는 뜻인데, 스페인 국가대표에서 다른 경쟁자들과 경쟁하다가 상을 놓칠 수 있다는 것을 주장했다.

"그렇죠. 국가대표 경기도 포함되죠. 잘 알고 있습니다."

"알고 있다면 현명한 결정을 하기 바란다. 얼마 전부터 미구엘 코치와 네 이야기를 계속 했다. 네가 고정으로 최전방에 위치한다면, 한국은… 그리고 너는… 월드컵에서 FIFA 컵을 들어 올릴 수 있을 것이다."

계속된 설득. 박정도 나이가 들면서 선수 욕심을 숨길 수 없었다.

"귀화를 선택하고 스페인에서 비난 여론이 생긴다면, 이적도 생각할 수 있다. 올덴부르크의 현재 재정 상태는 매우 좋아졌기에, 너를 영입할 수 있을 것이다. 세부적인 몸값 조율은 있어야 하겠지만, 그거야 네 의지에 따라 달라질 수 있는 문제니까."

"……"

"말은 이렇게 했지만, 사실 난 네가 레알 마드리드에 계속 있었으면 좋겠구나. 네 발전을 위해서는 아마도 그곳이 더 나을 것 같다고 생각한다."

"왜…."

그때 반디의 미소가 다시 짙어지며 입을 열었다.

한참을 설득한 결과가 어떻게 될지 궁금한 박정.

그답지 않게 이번에는 매우 설렜다.

"저희 아버지 이야기는 하시지 않죠?"

"……!"

"다치셨잖아요. 아버지가 태클해서 선수 생명이 끝났잖아요. 저에게 심리적인 압박 수단이 충분히 될 텐데요."

이제야 박정은 놀라기 시작했다.

반디의 입에서 나온 말은 전혀 예상치 못했기에.

"어떻게 알았지? 네 어머니가 알려주었나? 명훈 선배 이야기로는 네가 모른다고 했는데…."

"어렵게 찾아냈습니다. 아버지가 축구선수이고, 감독님과 동시대 사람이기에 호기심이 인터넷을 뒤지게 했죠. 두 분의 이름을 동시에 친 순간 살인 태클이라는 내용으로 동영상 하나가 떴죠. 그 카페 가입하느라고 애먹었습니다. 하하하."

아무렇지도 않게 매력적인 미소를 발산하는 반디.

박정은 금세 냉정을 회복하며, 그의 질문에 이제야 대답하기 시작했다.

　"그 정도로 쓰레기는 아니다. 그것은 설득이 아니라 아버지의 실수를 대신 보상하라는 이야기와 같으니. 그리고 결정적으로 난 네 아버지에게 아무런 감정이 없다. 오히려 지금 감독으로서 성공한 게 일찍 선수로서 은퇴했기 때문이라고 생각한다."

　이번에는 반디가 살짝 놀랐다.

　반디는 박정에 대해서 많이 조사했다.

　때로는 올덴부르크에 있는 산체스에게 연락하기도 했다.

　좀 심하게 말하면 피도 눈물도 없는 사람이라고 했다.

　박정의 성격을 싫어하는 사람도 없지 않았다.

　그들은 박정을 수단과 방법을 가리지 않고 성공을 위해서 전진하는 자라고 표현했다.

　그래서 분명히 박정이 아버지를 언급할 줄 알았다.

　물론 그랬다면 더 확실히 거절해주려고 했는데…

　"생각외로 대단히 매력적이시군요. 감독님을 다시 보았습니다. 하하하."

　라며 큰 웃음으로 마무리했다.

　반디는 웃었지만, 박정은 여전히 무표정이었다.

　오히려 반디의 웃음이 멈추자 다시 설득에 나섰다.

"매력적이라는 말 긍정적인 신호로 받아들이겠다. 그리고 지금은 네 답을 듣지 않겠다. 네가 심사숙고한 것은 잘 알고 있다. 이미 표정으로 대충 눈치챘으니까. 하지만 그생각은 나를 만나기 전에 한 것이다. 이제 나를 만난 후에 제대로 평가해다오."

"흠…."

생각외로 유혹적이었다. 그래서 반디는 턱을 만지면서 고민하는 모습을 보였다.

"대단한 자신감입니다. 일단 말씀하신 대로 더 생각해보고 답변드리겠습니다. 거의 마음이 굳어졌지만, 아니… 사실 단 한 번도 귀화해봐야 한다고 생각하지 않았습니다. 이제는 살짝 고민해보겠습니다. 만약 제가 스페인 국가대표가 된다면, 감독님을 만나고 싶지 않으니까요."

반디는 느끼는 대로 말하는 스타일이었다.

어떤 의미에서 꽤 정직했다. 그리고 어떤 의미에서 꽤 단순했다.

한때 그는 스페인 국가대표에서 다시 부른다면 거절하려는 마음을 가졌었다.

자신을 뽑지 않은 스페인 국가대표팀에 깊은 후회를 남기게 해주겠다는 결심.

그렇다고 해서 그게 한국을 선택한다는 의미는 아니었다.

이른바 국적 없이 클럽만을 위해 뛰는 선수가 되려고 한 것이다.

마지막에 박정을 만나기 싫다는 말도 진심이었다.

솔직히 두려웠다. 항상 자신감에 넘치는 그였지만, 박정의 전술이 왠지 모르게 그의 행동반경을 옭아맬 것 같았다.

더구나 한국 대표팀에는 유연우와 유인이라는 걸출한 수비수가 존재했다.

단 한 명이라면 모르지만, 이 두 사람이 자신을 커버한다고 상상하니 몸이 부르르 떨렸다.

박정의 대표팀에 자신이 들어간다면 우승할 수 있다고 한 말도 일리가 없지는 않았다.

한국 대표팀의 요즘 구성원은 월드 클래스가 곳곳에 포진되고 있으니 말이다.

박정과 헤어지고 나오는 길.

하늘은 유난히도 맑았다.

그 속에서 어렴풋이 누군가가 웃고 있는 것 같았다.

아버지였다. 그가 자신에게 말하고 있었다.

– 네 뜻대로 하렴.

그는 고개를 끄덕이며 웃었다.

당연히 마음 가는 대로 할 것이다.

박정과 만나기 전의 마음과 그 후의 마음의 변화는 전혀 없었다.

다만 한 번 더 생각하라는 그의 말을 받아들이기로 했다.

먼 훗날 지금을 후회하지 않기 위해서.

무엇보다도 박정이 자신의 부상을 들먹이지 않았다는 점에서 세간의 평가와는 다른 모습을 엿볼 수 있었다.

카리스마와 냉정함으로 포장된 감독 밑에서 한 번쯤은 뛰고 싶은 마음도 생겼고.

'한국 대표팀이라… 올덴부르크라….'

박정이 앞으로 있게 될 두 개의 팀.

자신이 최전방에 서 있는 모습을 그려보았다.

잘 어울리기도 했고, 어색하기도 했다.

그런데 그 자리에 과연 자신이 있어도 될지에 대해서는 무수한 의문이 남았다.

고개를 흔들며 수화기를 들었다.

갑자기 아만다와 딸이 보고 싶었다.

○

2022년 1월 23일.

반디는 원하던 발롱도르를 수상했다.

거의 압도적인 점수로 그가 뽑혔다. 선수들도 언론도,

그리고 팬들도 다 인정하는 모습이었다.

클럽에서만 활약하던 그에게 붉은 유니폼도 어울릴 것으로 생각했는데, 기대 이상이었다.

등번호 10번.

월드컵 진출로 국가대표팀을 견인한 반디.

드디어 카타르에서 생애 처음으로 월드컵에 참가하게 되었다.

필드에 서니 오늘도 골문이 아주 넓어 보이는 게 마치 해트트릭할 것만 같았다.

관중들은 거의 모두 그를 응원하고 있었다.

오늘 한국 대 스페인이 첫 번째 경기가 될 줄이야.

한국인도 그리고 스페인 사람들도 그에게 환호를 보냈다.

반디는 모두에게 특별한 인연일 수밖에 없었다.

하지만 승부의 세계에서는 냉정할 때가 있어야 하는 법.

오늘은 특히 붉은 유니폼이 몸에 착 달라붙듯이 공이 발에 착 감겼다.

공격 빌드업은 아주 잘 이루어지며 세계 최고의 미드필더를 거쳐 자신의 발에 도착했다.

빠른 속도였다.

동료 선수들은 그에게 속도감 없는 패스를 하지 않는다.

빠르지 않으면 적을 속일 수 없고, 반디의 퍼스트 터치 능력을 살릴 수도 없었다.

텅! 반디는 자신에게 온 그 빠른 패스를 받아서, 계산하던 그곳에 정확히 공을 떨어트려 놓았다.

"쏴! 슛해!"

누군가 반디에게 외쳤다.

하지 말라고 해도 할 셈이었다.

월드컵 첫 번째 팀 득점은 자신이 하고 싶었으니까.

크게 스윙하는 발은 골키퍼를 속였다.

대담한 스트라이커라면 강슛한다는 이미지를 상대에게 그리게 하고 실제로는 살짝 키만 넘기는 로빙슛을 할 줄 알아야 한다.

지금 반디의 발에서 나간 게 바로 그것.

상대하는 골키퍼가 힘을 내어 막아보려 했지만, 결국 반디에게 실점을 허용했다.

두 손을 들어 올리며 세레머니를 준비했다.

자신의 그 무엇과도 바꿀 수 없는 딸을 위한 세레머니.

그러고 나서 벤치를 보았다.

한국 팀 벤치에서는 박정이, 스페인 팀 벤치에서는 헤수스가 있었다.

그는 기쁨을 나누기 위해서 벤치로 달려나갔다.

골을 넣은 기쁨을 지도자와 나눈다는 것은 당연한 일이

다.

그래서 힘껏 안으며 말했다.

"오늘은 해트트릭하겠어요. 하하하."

매력적인 반디의 웃음이 카타르의 하늘 높이 날아올랐
다.

퍼스트 터치
FIRST TOUCH

작품후기

이 작품은 택틱스의 세계관과 함께하는 작품이었습니다.

정확히 말씀드리면 원래 택틱스의 주인공 박정이 구성하는 국가 대표 팀 스트라이커를 그릴 예정이었죠.

그러나 캐릭터가 제 맘대로 통제되지 않는 현상이 일어났습니다.

제 머릿속에는 '넌 박정의 팀으로 가야 해!' 라고 명령하는 목소리와 '캐릭터가 가는 대로 놔둬!' 라는 외침이 끝까지 충돌했습니다.

첫 설정에는 한국 국가 대표가, 이야기를 풀어가는 내내 스페인 국가 대표가 압도적이었습니다.

그러나 중반 이후에 한국 국가 대표가 다시 제 머릿속을 지배하기 시작했습니다.

이때부터 반디를 입양아로 만든 것에 후회가 들었습니다.

독자들을 제대로 설득하지 못한 제 필력에도 화가 났습니다.

6권 말미에는 제3의 세력인 카탈루냐까지 등장시켜 보았습니다.

역시나 결정하기 힘들었습니다.

작가로서 역량이 매우 부족하다는 것을 뼈저리게 절감한 순간이었습니다.

캐릭터가 작가의 말을 듣지 않는 그 순간이 괴로워서 글이 써지지 않았습니다.

1일 두 편 연재하던 것이 매일 한 편으로, 그다음에는 주말까지 쉰 것은 바로 이 때문이었습니다.

그럼에도 불구하고 결말을 확실히 정하지 못했습니다.

어쩌면 먼 훗날 또 다른 세계관이 펼쳐질 때, 반디가 스페인 또는 한국 국가 대표 유니폼을 입고 나타나게 될 것 같습니다.

오픈 결말을 좋아하지 않지만, 어쩔 수 없는 작가의 캐릭터 통제 미숙에 독자분께 죄스러운 마음 금할 수 없습니다.

다시 한 번 고개 숙여 사과드립니다.

이제 퍼스트 터치의 완결로 축구 소설 두 개를 끝냈습니다.

처음부터 큰 그림이었기에, 지금은 후회가 들고 있습니다.

언제 다른 인물들을 묘사할까?

박정이나 반디보다 그들을 잘 그릴 수 있을까?

아직은 불안한 마음이 매우 많이 듭니다.

또한, 세리에 A의 유인의 이야기를 다루어야 할지, 프리미어리그의 태양을 다루어야 할지도 감이 잡히지 않습니다.

아예 K리그의 강철을 쓴다면 새로운 도전일 수도 있다는 생각도 해봅니다.

워낙 해외리그 이야기만 나오는 가운데 한국 축구를 다룬다는 것도 의미 있을지 모르기 때문입니다.

생각할 시간이 많이 필요합니다.

더 공부해야 하고 더 숙성시켜야 할 것 같습니다.

그래서 조금 더 뒤로 미루려고 합니다.

스포츠가 아닌 한두 개의 다른 작품을 써보고 다시 택틱스와 퍼스트 터치의 세계관을 조합해 나가겠습니다.

마지막으로 이 글을 완성하는 데 있어서 큰 도움을 주신 금강 선생님 감사드립니다.

늘 옆에서 조언을 아끼지 않으신 현우 형님께도 감사드립니다.

더불어 송담 형님, 정용, 정주, 해날, 하양연필 작가님도 일일이 연재를 보고 피드백을 해주셔서 매우 고맙습니다.

또한, 제가 힘들 때 정신적으로 기댈 수 있었던 아내와 아들에게도 고맙다는 말을 하고 싶군요.

그리고…

항상 못난 작가의 작품을 응원해주시고 완독해주신 독자 제현 여러분께 다시 한 번 고개 숙여 인사드립니다.

감사합니다.

〈퍼스트 터치 완결〉